孤雁几秋声

成林 著

敦煌文艺出版社

图书在版编目（CIP）数据

孤雁几秋声 / 成林著. -- 兰州：敦煌文艺出版社，2010. 11.（2025.1 重印）

（成林诗集；2）

ISBN 978-7-5468-0137-7

Ⅰ. ①孤… Ⅱ. ①成… Ⅲ. ①诗歌—作品集—中国—当代 Ⅳ. ①I227

中国版本图书馆CIP数据核字（2010）第211488号

孤雁几声秋——成林诗集第二辑

成　林　著

责任编辑：余　琰

装帧设计：石　璞

敦煌文艺出版社出版、发行

地址：（730030）兰州市城关区曹家巷 1 号

邮箱：dunhuangwenyi1958@126.com

0931-2131373（编辑部）　　0931-2131387（发行部）

三河市嵩川印刷有限公司印刷

开本 720 毫米 ×1020 毫米　1/16　印张 17.5　插页 2

2010 年 11 月第 1 版　2025 年 1 月第 2 次印刷

ISBN 978-7-5468-0137-7

定价：58.00 元

序

成林同志的第一本诗集《饮酒钓夕阳》是我作的序，对他的能力和水平有所了解。当他托我为他的第二本诗集《孤雁几秋声》继续作序时，欣然应允，并为有先睹为快的机会而高兴。

在《饮酒钓夕阳》出版后，我曾鼓劲他继续努力，希望尽早看到第二本诗集。但如此快就看到第二集诗稿，多少有些出人意料。

宋代陈师道诗云："书当快意读易尽。"我是一口气看完了整个诗稿，又被诗人营造的诗的意境所吸引，抒发的诗的情感所感染。为诗人的兴奋而兴奋，为诗人的愤怒而愤怒，为诗人的遗憾而遗憾，为诗人的伤感而伤感。通过一首首诗，我再次看到了一个思想异常活跃，感情极其丰富，爱憎十分分明，正义感和责任感都十分强烈而不乏诙谐幽默的诗人。士以天下为己任，时代需要这样的诗人。

兴奋之余，通过反复思索和与第一本诗集《饮酒钓夕阳》的比较，我觉得诗人的第二本诗集在以下三方面取得了长足的进步，让人欢欣鼓舞。

第一，本诗集的内容更加翔实，涉及方方面面。有叙事说理，如《道德忧思录系列诗》，诗人通过叙说某些社会现象，用简练犀利的笔锋表达了因教育缺失而引发道德滑坡的忧思和对某些腐败现象的鞭挞。有寄情寓景，以景抒情，如《山中偶住》中描写享受山野美景“溪边醉卧浸绿露，松下清坐听涛喧。”多美的两幅山水画！最后两句“此间快乐不思归，我欲游戏八十年。”既表达了诗人的美好愿望，又反映了诗人对某些社会现象的不满。当然逃逸不可取。有游历时对大好河山的赞叹，流露着诗人对祖国的热爱之情……

第二，诗人作诗的水平一年间提高得很快，写作技巧和表现手法更加精妙。宋代诗人杨万里五十二岁时“忽若有悟”，顿觉“万象毕来，献手诗村。”作诗水平忽然提高。成林同志也有异曲同工之感觉。我特别欣赏七绝《想故人》：“书读入书一绝畅，人念故人九高望。日短夜短春梦短，天长地长秋思长。”

第三，诗集中出现了情诗。情诗在中国诗坛中占有重要地位，可以说有了诗就有了情诗。在唐初时期，情诗成了诗的主要内容。表现其他内容也用“香草美人法”，以女人口吻或情爱来表现。成林同志本诗集中的情诗虽然不多，但毕竟有了情诗，敢想敢写也是一种进步。

我是搞文化工作的，属于精神文明和思想道德范筹，我觉得应该重视和倡导社会主义孝道。记得成林同志第一本诗集中有首诗《劝孝》，我非常赞赏和认同。对本诗集《游天祝小三峡》中表现出的孝道更加高兴，“双老采秋我伴陪，携衣提杖背食水。此相合该诗人相？弃车扶马入石门。”陪父母采秋，“携衣提杖背食水，”自己带齐老人外出游玩的一切用具，很累很狼狈，不该是诗人相，但自豪感，满足感溢于言表，幸福至极。以孝为乐，以孝为福，以孝为崇高追求，怎么能不自豪？为了让父母享受山间骑马的快乐，又担心安全，诗人背着许多东西，扶马而行，多好的一幅现代行孝图啊！

本诗集中，诗人秉承用典不多，通俗易懂的诗风，文字精炼，词语简单。但唱叹含蓄，情不直达，似空而实，境界悠远，需反复回味才能理解意境。是一本好诗集。

我想重复第一本诗集《序》中的观点，古诗是诗坛中永不凋谢的奇葩；是先祖们留给我们的珍贵文化遗产；是建设社会主义精神文明的生动教材。必须有大批诗人继承，发扬光大，时代需要成林同志这样的优秀诗人。

诗词不分家，词是诗的发展。历史上有许多优秀的诗人都有优秀的词作留世，许多词人都有优秀的诗作珍存。截止今日，我没有看到成林同志的词作，希望成林同志能出版诗词集。

甘肃省文化厅厅长：邵明

2010.4

目录

出潼关①

潼关已无戍②，百车过亦难。
鸡鸣抵站卡，日正仍不前。
高速变无速，收费仅一线。
何尊演古人，拍马扣潼关③。

2007.10.

①2007年10月因洛阳有急事，下午四时作者从兰州市人民政府一楼大会议室直接上车赶赴洛阳。行至潼关天尚未亮，以为会按时到洛阳，没有想到潼关高速路收费处堵车严重，虽心急但无可奈何，焦急等待中酝酿了此诗。

②既不是关，也无兵驻守。

③希望有人挺身而出像古时英雄一样，打开全部通道，让车辆自由通过。

回程宿潼关晨起远眺①

潼关仍是关，细览知其险。
初阳照中条②，断云绕华山③。
大河依山道，一卡制豫陕。
何省鸡又鸣④？对岸⑤晋女喧。

2007.10.

①从洛阳办完事回兰州途中，有心于潼关的许多故事，执意宿潼关并在此停留一天。

②潼关东北方向是中条山。

③潼关的西边是华山。

④潼关为晋豫陕三省交界之处，故有“何省鸡鸣”的疑问。

⑤指黄河对岸。

清官乎？庸官乎？①

强忍怒火暂不发，我与“清官”正磨牙。
正事慎商忙言他，逢问必会赛龟爬
瞎驴推磨原地转，一事无成喊累煞。
揽权贪利推责任，体制不改神无法。

2008.1.28

①这首诗是作者根据自己的一段亲身经历写成的，绝无任何虚构成分。一件本不复杂的事，开了十几次会，拖了数月还没结果，人还累的半死。作者坚信，绝不仅仅是作者一人碰到的怪事。

对西方某些领导人会见达赖表示愤怒[1]

自诩人权和民主，
菩提[2]再大一棵树。
十亿人民思与想，
清楚故意装糊涂。

2008.夏

①这首诗作于2008年某西方大国领导会见达赖后，本想收于已出版的第一本诗集，因故没有如愿。但诗中的思想和心情还是想表达，故收入本诗集。

②菩提树，意指达赖。

对2008年某些西方政要表演表示愤怒①

小丑自娱无教化，
几番跳梁戏中华。
百年屈辱沧桑梦②，
睡狮早醒岂怕他。

2008.夏

①这首诗是前面《对西方某领导人会见达赖表示愤怒》一诗的姐妹篇。除了西方某领导人会见达赖外，又发生了某些西方国家人士冲击奥运火炬传递等事件，令人愤怒。

②西方列强用大炮轰开了中国国门，给中国造成了百年的屈辱。

为庆祝改革开放三十年座谈会而作①

闭关开放两重天，
摸石过河②坚持干。
难忘邓公挥巨手，
人兴国旺三十年③。

2008.10.

①无意中发现在民盟兰州市委改革开放三十周年座谈会时写的一首诗，感觉尚好，故收入本诗集。诗中表达的情感发自内心，是肺腑之言。

②改革开放是走前人没有走过的路，邓小平同志称之为摸着石头过河。

③从1978年改革开放到2008年刚好三十年。

春夜无眠[①]

寒衾怨长夜，
望月不孤独。
悔郎赴戎机[②]，
何须觅封侯[③]。

2009.春

①古人在作诗时有香草美人法。意思模拟美人表达思想，作者也想一试。

②原意指军事机遇，引申为军机一样的突发机遇。

③升官发财。

为庆祝全国两会召开而作①

京城春潮又涌动，
江山无处不春风。
十亿一心感青帝②，
三月八面播绿红。

2009.3.

①阳春三月，全国两会例行召开。在经历世界金融海啸冲击中的时候，今年两会具有特别意义，国人寄予更大希望。希望两会能带来经济振兴的春天。

②青帝，传说中能带来春天、能让树绿花红的神仙。

体会胡总书记讲“不折腾”[1]有感

内争外斗两世纪[2]，
集中建设三十秋[3]。
羞辱连连昨日事，
珍爱今朝看主流[4]。

2009.3.12.

①胡总书记讲“不折腾”，作者联想中国历史，深有同感。

②自康熙盛世后，中国内忧外患，灾难深重，没有长时间搞过建设。

③只有从1979年以后，国家走上了以经济建设为中心的正确道路，至今三十年。

④任何情况下都要珍惜今天的局面，以大局为重。

为纪念诗集《饮酒钓夕阳》出版而作[1]

岁月不老[2]心亦老，
山色常青情难青。
避讳尘世恋宁静，
欲为万壑一古松。

2009.3.21.

①作者的第一本诗集内人定名为《饮酒钓夕阳》，由兰州大学出版社出版。作此诗一为纪念诗集出版，二是想重谈作者对宁静生活的想往和追求。

②作者生于1964年，不能算老。

为孙、蒙二位主席和党派诸君植树而作①

鼓呼绿化不遗力，
三论种树提案里②。
今日力行重识君，
欣见握锨胜捉笔。

2009.4.7.

①2009年4月，兰州市政协孙晓刚、蒙自福二位主席和党派朋友二十多人到作者单位所属绿化基地植树，精神难能可贵。

②党派诸君多次在市政协提案中鼓呼绿化种树。

道德忧思录①

其　一

非语既是是既非，
真相亦假假亦真。
圣僧难有此感悟，
只为钻营藏己身。

2009.4.

①改革开放三十年来，最大的失误是教育。作者理解这个教育不仅是狭义的教育，而应该是广义的教育，最主要的教育失误应该是因教育缺失而引起的社会道德滑坡。对此，有识之士最感忧虑。我也深有同感，并以此为题作诗八首，希望能有共鸣。

道德忧思录

其　二

堂上[1]清白玉无斑，
台下[2]敢收冥国钱。
津门张刘[3]直喊冤，
不超百倍不述廉[4]。

2009.4.

①堂上：公堂之上，本诗意指会场之上或公共场合。

②台下：无人之处，私底下。

③津门张刘：解放初期天津的张子善、刘青山。

④本句意思是说现在有的人贪污受贿超过张刘百倍还没有述廉的资格，或者说是正在述廉的人贪污受贿超过张刘何止百倍。

道德忧思录

其　三

身外之物非心外①，
心中只惦权与财。
惦权也为变钱用②，
敛够子孙三十代。

2009.4.

①常言钱是身外之物，钱虽是不能时时带在身上，但有人却时时放在心上。
②本句讽刺眼下的权钱交易，一心为钱。

道德忧思录

其　四

钱非圣物确神奇，
摄人心志昏天地。
堂上口诛台下想，
昨日折腰[1]今赴继[2]。

2009.4.

①昨日有人因贪污受贿敛钱而送了性命。

②今天又有人经不起钱的诱惑而贪污受贿敛钱，前仆后继，必将受到同样的惩罚。

道德忧思录

其　五

假话愈讲愈似真，
口心渐远[1]渐无愧。
想听真言亦不难，
梦中偶尔有几回[2]。

2009.4.

①口心渐远：口里讲的和心里想的不一致即不讲心里话，而且不一致的程度越来越严重。

②平时说某人说梦话意思是说某人胡说八道，没有说实话。本句反其道用之说现在有些人白天或清醒时已无真话，只有梦中偶尔说几句梦话还是实话、真话。

道德忧思录

其　六

经济登山年年高，
道德流水岁岁低。
年年岁岁渐行远①，
蹇脚②复兴杳无期。

2009.4.

①渐行远：指经济发展和道德水平没有同步发展，而是距离越拉越大。
②蹇脚：跛脚。

道德忧思录

其　七

文明古国不文明，
礼仪之邦无礼仪。
道德只识南山翁①，
后人重做西游记②。

2009.4.

①南山翁：远离现实社会，身处与世隔绝地方的老头。

②道德标准没有了，道德标准离现实社会久远了。后人只能经历艰苦跋涉、苦苦寻觅重新找回遗失的道德标准。

道德忧思录

其　八

官吏观天不看地[1]，
商贾重利无信义。
财迁[2]美酒百姓泪[3]，
民怨越积心越离。

2009.4.

①意思是说官员看上不看下，看领导脸色不顾群众感受。

②财迁：商贾发财，官员升迁。

③商贾官员为了发财、升迁而喝的美酒是用百姓的眼泪酿成。

自　省[1]

不惑之年困惑多，
回首跬步[2]且蹩跛[3]。
诚斋点化知天命[4]，
吾辈顿悟又如何？

2009.4.

①自省：作者对自己走过路的一点反思。

②跬步：半步，步子很小。

③蹩跛：不小心崴了脚。

④诚斋：宋朝诗人杨万里，字诚斋。52岁时“忽若有悟”，十四个月写出近五百首好诗，世人称奇。

怀故人①

阴云低沉天欲殇②，
日头③不知何方向。
仰望南山不见顶，
吾曾魂断山顶上。

2009.4.

①作者一位感情甚好的朋友2003年意外去世，尽管已过去六年，但音容笑貌常常忆起，时时伤感。

②殇：没有到成年就死去。

③日头：太阳。

陪　酒①

诸君酒半酣，互敬又猜拳。
不敢扫众兴，我自苦熬煎。
又见三瓶底，天佑场能散。
最惧声炸起，再饮一斤还。

2009.4.

①应酬陪人喝酒是最头痛的事，作者一不胜酒力；二不善言谈；三不会猜拳，故此场合能跑则跑，能躲则躲，然总有必须参加的酒场，也就有了本诗中的场面。

不全是臆想①

单骑双人走崖下，
半天两里原地踏。
尽管奋力仍不前，
心燥人困因蹇②马。

2009.4.

①本诗之所以取名“不全是臆想”，是因为现实生活有着太多的类似情况和太多的感慨。作者解决不了现实中的问题，只能从诗中聊以自慰。

②蹇：跛脚或瘸腿。

杂诗一①

寒舍孤独心孤独，
回忆幸福梦幸福。
二十年前不眠夜，
何日再剪西窗烛。

2009.4.

①有些诗内容比较杂，不好决定诗名，或有的诗含有嘲讽色彩，诗意和字面意思相左，故均取名杂诗。

远　望①

黑山幽壑藏野村，
黄车斜径扬归尘。
夕阳西垂红半天，
山郭朦胧生霭云②。

2009.4.

①09年四月的一天，作者偶然的机会，登临兰州南部的七道梁山区。这首诗就是远望一个不知名山村的景象。

②可能是地气，也可能是炊烟，或者兼而有之。

钓鱼翁

西湖一垂翁，从春钓到冬。
雨雪不曾闲，三九三伏同。
能有伊尹①才？尽显吕尚②风。
隐士古今有，文王早绝踪。

2009.4.

①伊尹：商初著名丞相，后人誉之有匡扶宇宙之才。

②吕尚：姜尚、姜子牙，辅佐周文王讨伐殷纣王。

观书有感①

陌路九曲多泥泞，
回望有迹前无踪。
低头再进世人笑，
不觉踏入桃花丛。

2009.4.

①常言道：书中自有黄金屋，书中自有颜如玉。诗人从前不理解，但近两年渐渐有所感悟，书中妙不可言，吸引力很大。

无　题

悠居在隆中[1]，俯首笑中原。
情感历历逝，珍存成遥念。
小友[2]三番至，无意拨此弦。
酒半说旧事，梦中忆襄樊。

2009.4.

①隆中：三国时蜀丞相诸葛亮出山前隐居的地方，刘备三顾茅庐时，诸葛亮纵论天下事，为刘备构画三分天下的蓝图，后人称为隆中对。

②小友：小朋友，后生。诗中指朋友张靖之子。

懒　起[①]

夜梦天赐句经典，
晨醒半记杳不见。
拥衾再卧欲忆起，[②]
似睡非睡日中天。

2009.4.

①作者有时好睡懒觉，又觉于心不忍，故常常为自己找个充分的理由来安慰自己。本诗正是如此。

②自己给自己找了个睡懒觉的理由。

读苏洵《九日和韩魏公》有感[1]

韩魏公[2]前多感慨，晚岁华发空自哀。
寻章摘句雕虫技，百篇诗文思府台[3]？
州官均知名和姓，韩宴能赴应开怀。
吾辈枉食非文人，老泉[4]今岁不算才。

2009.4.

①宋枢密使（宰相）韩琦办家宴时即兴赋诗，苏洵也是被邀请的客人，见韩琦诗当晚写《九日和韩魏公》以和之。诗中感慨怀才不遇，一个能参加宰相家宴的宾客，有什么不满意？

②韩魏公：宋嘉佑年间枢密使（宰相）韩琦。

③府台：四品以上官位。苏洵感慨怀才不遇，官不足四品。

④老泉：苏洵。

同情苏洵

幽谷叟翁恋京华，
帝师[1]雄才空白发。
若怪老泉[2]晚进京，
只怨简公[3]迟执雅[4]。

2009.4.

①雷简夫推荐苏氏时，称有“帝师之才”。
②老泉：苏洵。
③简公：雷简夫，在雅州知府任上三荐三苏。
④雅：雅州（今四川雅安）。

内人竞聘考试后
在焦虑中等待成绩[1]

会试有十日，庭堂无榜出。
能否登榜第，谁与我做主。
白昼坚信有[2]，夜晚梦中无[3]。
时时盼准讯，惶惶待价沽。

2009.4.27.

①妻竞聘考试后焦虑万分，作者无从分忧，作此诗自慰。

②妻告诉作者考得较好，应无问题。

③几次做梦落榜。

怀故人①

阴云低沉天欲殇②，
日头③不知何方向。
仰望南山不见顶，
吾曾魂断山顶上。

2009.4.

①作者一位感情甚好的朋友2003年意外去世，尽管已过去六年，但音容笑貌常常忆起，时时伤感。

②殇：没有到成年就死去。

③日头：太阳。

陪　酒①

诸君酒半酣，互敬又猜拳。
不敢扫众兴，我自苦熬煎。
又见三瓶底，天佑场能散。
最惧声炸起，再饮一斤还。

2009.4.

①应酬陪人喝酒是最头痛的事，作者一不胜酒力；二不善言谈；三不会猜拳，故此场合能跑则跑，能躲则躲，然总有必须参加的酒场，也就有了本诗中的场面。

为某医疗楼后续工程终于开工而作①

少年英发谋楼兰，
两鬓秋霜出玉关②。
烈士③无鞭自奋起，
勿待小儿鬓也斑。

2009.4.28.

①该工程在土建施工中出现意外事件。拖延三年之久没有进入后续工程，浪费巨大。

②玉关：玉门关。

③烈士：想干事业的人，有进取心的人。

吾妻竞聘未中感慨颇多①

而立②初觅济世功，
从戎捉笔③两厢空。
十年一觉封侯梦④，
至今仍在有无中。

2009.4.30.

①作者妻竞聘未中，作者在安慰她时，也在安慰自己，作此诗自解、自嘲。

②30岁以后就有干一番事业的想法。

③当兵二十年后转业地方工作。

④干大事的梦想。

喜见党派诸君所植之树均已发芽[①]

春种几行树，
夏迎一片绿。
荒山已多娇，
诸君舞彩笔。

2009.4.30.

①指孙、蒙二位主席带队党派诸君种植的槐树。因为种植质量高，发芽后嫩绿一片，煞是好看。作者触景生情，有感而发，对诸君表示敬佩和感谢。

评朱元璋及明王朝①

乞丐和尚成大统，登基忽陷焦虑中。
能臣良将咋如云？均可弃我唱大风。
割头如麦恐不尽，举国扮痴怕显能。
中华倒退五百年，世界中心②变远东③。

2009.5.4.

①朱元璋当过乞丐、和尚，是平民皇上，思想深处有自卑感，为人多疑，滥杀功臣。臣子多怕别人说能力强，故装痴扮傻。

②从唐开始，中国就为世界经济、文化文明的中心。

③以后逐渐变为以欧洲为世界中心，中国被称为远东。

评明崇祯帝朱由检

粉黛无虞虞[①]能将，茶饭不思思岳王[②]。
恨天怨地俱往矣，忘却正眼看身旁。
天赐崇焕胜前贤，自毁长城[③]负上苍。
忠臣佞贼皆叛离，煤山自缢不冤枉。

2009.5.5.

①焦虑、担心。

②岳飞死后封王，崇祯经常感叹自己没有岳飞那样的良将能臣。

③袁崇焕被冤杀。袁崇焕就是上天赐给崇祯皇帝的良臣能将，可却疑心太重而自毁长城。

明第九任、第十任帝
几十年不见大臣令人汗颜

史河仅有成奇观，宰辅不曾识君颜。
触须天下靠卫厂[①]，阉党内外两逢源。
臣不理事忌能干，君不理臣恐弄权。
三十八载终显山[②]，君臣竟然玩清谈[③]。

2009.5.6.

①锦衣卫、东厂、西厂，均为特务监视组织。

②相隔三十八年，皇帝终与几位宰相见面。

③魏晋名士怕招惹是非，不谈国事，只谈看不见、摸不着的事情，称清谈。间隔三十八年皇帝终于露面，君臣居然没有谈国事，只是互致问候之语。

无　题

对河细语敞心扉，
流水有意洄连洄[①]。
帮我琢磨伊人意，
无心就请复西归[②]。

2009.5.6.

①一个旋涡接一个旋涡，不忍流走。

②水往西流，即往回流。古人云：百川东到海，何时复西归。此句意思为，若河水认为伊人无意或无心就请倒流。

何为爱①

内子问我爱何物，二十余载若有无。
平淡微澜渡人生，爱海情天祸所伏。
好雨润物细无声，勿待久旱惜甘露。
日落月起寻常事，执手偕老②乃万福。

2009.5.15.

①内人与作者争执，责问作者，说二十余年没有感觉到爱。作此诗以答。中国人信奉中庸，以为平淡是福。

②牵着手，互相搀扶走到老。

驱车回耀州[①]

日暮近乡关，
情怯不敢看。
既惧童迹无，
又盼地覆变。

2009.5.

①耀州是作者老家。作者十七岁离开来兰州。父母五月上旬先行回耀省亲，作者中旬到陇东庆阳市办事，办完事已下午四点左右，原计划在庆阳住一夜第二天回耀，但归心似箭，遂决定驱车连夜回耀县，天快黑时到达耀州地界。

回乡偶书①

儿时爷辈多成尘②，
再询伯叔或为神③。
玩伴见争④鬓毛衰，
互问是否当爷人。

2009.5.

①这首诗作于陪父母在耀县省亲期间。在与亲朋好友交谈中最大的感慨就是岁月无情催人老。

②作者小时候爷爷辈的人多已过世多年，成了尘土。

③伯叔：大伯、大叔，有的也成了神仙（去世）。

④小时玩耍伙伴争相攀比。

七道梁高山坡田有感[1]

剃度青山万木亏，
乱斫[2]坡田挂如云。
任尔早晚苦劳做，
可曾养肥多一人?

2009.5.

①作者无数次路过七道梁，每次都会为高山植被破坏垦为坡田而伤感。急功近利者毁了家园。

②斫:用刀斧砍，砍掉树木种地。

为表兄之子长江、子媳杨娟娟作[1]

长风接天地，
江流自东西[2]。
杨柳依水生，
娟娟[3]有直曲。

2009.5.21.于耀县

①09年回耀县时，应表兄之邀作了一首即兴藏头诗，以示对新人的祝贺。
②江水东西流向，由西向东。
③秀美的样子。

拜谒黄帝陵[1]

祭祖亦非清明时，
谒陵芒种一片心。
龙驭难穷连天地，
轩辕不老[2]贯古今。

2009.芒种日

①2009年5月作者陪双亲回陕西省亲，专程拜谒黄帝陵。

②黄帝对中华民族的贡献和影响不老，中华儿女对黄帝的敬仰和祭拜不老。

登黄陵龙驭阁①

独耸岗峁盘，登临手摸天。
脚下鸟高飞，俯听涛风旋。
万木皆翠微，沮水绕人间②。
驭龙莫若此③，谁方觅轩辕④。

2009.5.芒种

①龙驭阁位于桥山最高点黄帝陵后，是传说中黄帝升天的地方。

②在龙驭阁上可以看到沮水绕黄陵县城流过。

③驾驭着龙在仙境飞舞。

④传说黄帝升天后，有许多人想追随而去。本句意思是说驾驭着龙到了仙境，但到哪里才能追随上黄帝。

回耀州老家偶遇昔日
曾一心当兵戍边之同学彻夜无眠①

少小心系天山雪，老大身在耀州田。
终身空守鸿鹄志，一世难舍锦阳川②。
日观穷庐弹秦调③，夜思长烟伴羌弦。
悲哉悔哉美少年，秋鬓霜染两茫然。

2009.5.

①09年5月陪父母回耀县老家，遇到了许多少时同学朋友，感慨颇多，本诗所描写的是其中一位。

②锦阳川，耀县最好的川地之一。

③说着陕西话，唱着秦腔，老生常谈，年复一年的干着农活。

杂　诗①

去岁遇君巧月圆，
别后音讯两茫然。
昨夜枝头挂玉盘②，
梦中与君游天山。

2009.5.

①首先说明，诗中所写既非所遇，也非代表作者情感。情诗在古诗中占有重要位置。作者只是学写而已。

②玉盘，指十五左右正圆的月亮。

为被推荐为2009年暨新中国成立六十周年兰州市先进人物后选人而作[1]

金城重生同赤县[2]，六十轮回沧桑变。
百万人民建伟勋，鳞荐功臣上凌烟[3]。
白昼不思夜不想，我受殊荣成后选。
阁中有画如粪土，壮心不已再加鞭。

2009.5.

①兰州市委发文要求各单位推荐2009年暨建国六十周年先进人物，受盟市委抬爱，被推荐为后选人，受宠若惊，作此诗以记之。

②金城：指兰州市。赤县：中国。

③凌烟：凌烟阁。唐太宗把开国功臣画于凌烟阁上。

陪双亲回耀省亲
偶得张仲良纪念文集阅后有感

耀州称三杰[1]，
府高[2]冠古今。
戎马思考浅，
牧民错恨[3]深。

2009.5.29.

①现代官职最高的三位耀州人之一。

②曾任解放军一野四军政委和甘肃省委第一书记。

③任甘肃省委第一书记时，逢三年自然灾害，犯浮夸错误，饿死了许多人。

仲良老人调江苏工作后
对其在甘肃错误悔恨终生①

怯对故人面②，
难登陇右门。
白昼望东南③，
黑夜拜西北④。

2009.5.29.

①仲良老人虽犯错误，但善良纯朴，受人敬仰。

②害怕、愧对曾经熟悉熟知的甘肃人。

③指江苏。白天操劳着江苏的工作。

④指甘肃。晚上默默祝愿甘肃人民能过上好日子。

无可奈何之作①

君子弥珍清白心，一时一事总相违。
商战决胜官场内，官场青云钱相随。
腹中贮书八千卷，难敌歪辞半时辰。
睁眼深陷潜规则②，闭目心寄南山陲③。

2009.6.5.

①此诗是作者在办某事时，受到了时下社会因素的干扰，因没有按社会潜规则办事而失败，无奈时而作。

②时下社会不正常的潜在规则。

③自觉难敌潜规则，又不甘心附会，身体无法超脱，只能让思想超脱。

应酬终于结束[①]

丑时月无灯河稀，
曲散酒罢西行急[②]。
龙回大海虎归山，
两声车鸣似鸟啼[③]。

2009.6.7.

①作者不善饮酒，不善应酬，甚至到了恐惧、害怕的程度，故有应酬终于结束之说。

②应酬在繁华的城关区，作者家住西边的安宁区。

③应酬结束后心情轻松，车鸣也似鸟啼般悦耳动听。

有感于网络农场游戏①

无知六畜②长谁家，
不解什物为桑麻。
虚幻空间种瓜豆，
何如垄上③观豆花。

2009.6.10.

①2009年初，流行网络农场游戏，玩家不但自己耕种饲养家畜、家禽，而且互相偷盗成了每天下班，睡前、起床后的必修课。作者不以为然，故有感而发。

②六畜指猪、牛、羊、马、鸡、狗，泛指家畜家禽。

③垄上，指农田、田埂、地头。

劝　儿①

寸功②何须高抬头，
攻书惜时更上楼。
少小不知愁滋味，
老大③滋味只有愁。

2009.6.12.

①作者儿子英语雅思考试通过，为让其继续学习，珍惜时间，作此诗勉励。

②指英语雅思成绩。

③长大以后或到了老的时候。

游龙门香山寺①

伊人相伴游伊水②，
古钟吟唱颂古今。
魏齐隋唐娓道来③，
铭记仰仗弦外音。

2009.6.12.

①作者曾随友开车赴北京，途经洛阳。有美女为我等导游龙门香山寺，印象颇深，数年后记忆犹新。

②流经龙门东西山之间的河叫伊水。

③甜美的声音娓娓介绍。

夜　思①

起坐观天白，
一夜三梦②君。
万念似月坠③，
君已偷我心。

2009.6.12.

①这首诗写一位坠入情网的人夜晚的情形。

②多次梦到。

③思想中其他人和事同看到的月亮一样，随着天慢慢变白而消失了。

天公点化①

昨夜梦中遇圣僧，
三番指点调心情。
尽处为始重登路，
失去既得赤身行②。

2009.6.

①这是一首自我安慰诗。人生有诸多不得意，不必事事认真，就像梦中人指点的那样，要学会卸包袱，卸思想包袱。

②失去也是丢掉包袱，这就是得，得到了轻松，可以赤条条没有牵挂的继续前进。

身体不适，没有出门，家中小住①

庆幸离尘凡，快活疑成仙。
品易②月升后，填词日落前。
梦中会古人，醒后思先贤。
三天若三年③，悠哉复悠然。

2009.6.

①2009年六月中旬，作者身体莫名其妙发烧，几天没有出门。身体生病，可思想却得到了休闲，没有感觉到生病的一丝痛苦。

②周易类古书。

③家中小住三天很幸福，若能变成三年岂不更好。

端午有感①

当年投江为国殇，
祭日成节何曾想②！
举目歌舞满城酒，
屈子有灵泪两行。

2009.端午

①传说楚国破，屈原悲痛至极投江自尽，后世为怀念屈原，祭日演变为端午节。

②屈原怎么可能想到他的祭日成了节日。

端午思考[1]

风俗延续似应当，
精神传承亦勿忘[2]。
爱国忧民铸屈魂，
乐前酒余多思想。

2009.端午

①作者看到端午节许多酒店都挤满了过节吃饭饮酒的人群，感慨颇多。作此诗意在提醒喜庆过节的人们，勿忘屈原为何投江，勿忘爱国忧民。

②屈原的精神应继承下来，传承下去。

祝赵生跃处长生日快乐[1]

赵燕风[2]骨吴越心[3]，
生净轮转[4]三十春。
跃居魁元苦勤奋，
好运再访水东归。

2009.6.15.

①这是赵生跃处长生日时写的一首藏头诗。

②自古赵燕多壮士，多豪情之士。

③吴越人心较细。

④从事的职业、担当的角色较多。

昨日因病突然住院，
这是我记事后第一次，感慨颇多①

惊梦又进一重天，
我始②相信别从前。
昔日英发少年郎，
今朝龙钟病魅缠。

2009.6.18.

①作者自以为身体很好，很少想到已过不惑之年，对别人经常讲的身体每况愈下不以为然。突然住院才意识到一个历史阶段结束了，一个阶段又开始了。

②因本次生病住院开始相信大家的说法了。已步入中年，再也不是小伙子了。

欲学杜牧[1]

风流儒雅尊为北[2]，
欲师晚唐武子美[3]。
高咏低吟为渡时，
东突西杀无原委[4]。

2009.6.19.

①李白，杜甫被称为诗坛大李杜，晚唐李商隐和杜牧被称为小李杜，而以杜牧生活最为洒脱，故欲学杜牧。

②古人称北为上。

③杜甫，字子美。杜牧长期在军中任职，故称杜牧为武子美。

④没有原因，不知道为了什么。

纳凉一[1]

犬无心吠蝉长鸣，六月天气似蒸笼。
内子散发我敞怀，仰卧花间[2]纳凉风。
不议烦事[3]觉心静，徜徉[4]除夕爆竹声。
日沉星显月高起，夜阑隐约又入冬[5]。

2009.6.23.

①已丑年夏，写了两首纳凉诗，这是第一首。

②家有露台，夏天花草全放在露台上，有时会躺在躺椅上纳凉。

③不是没有烦心事，而是都不提，为了暂时的心静。

④留恋，回忆。

⑤可能是进入了梦乡，梦见了冬日和春节，也可能是夜深了，天凉了，躺在外面有些凉意。

养犬后夜归①

离家五丈闻犬吠，
何需叫门叩铁扉。
耳旁隐约有骚动②，
高邻③尽知夜归人。

2009.6.24.

①从09年春节起，妻开始养狗，我不甚赞成，担心夜晚狗叫影响邻居睡觉。但妻坚持养，我无可奈何。

②从其他门里传来的隐约声音惊，扰了别人的好梦，可能会说一些不满的话语。

③对周围邻居的敬称。

为父亲72周岁寿辰而作①

细数三皇②和五行③，
目聪④耳背⑤白头翁。
借古喻今不知老，
指点江山仍从容。

2009.6.25.

①在为父亲举行的庆祝72周岁寿辰家宴上，老人家谈古喻今，纵论国家大事，儿子们皆自叹不如。

②通常称伏羲、神农和轩辕为三皇，或称天皇、地皇、人皇为三皇。

③金、木、水、火、土为五行。

④目聪指看得很远，看得很深。

⑤耳背，耳朵不好。既指耳朵不好，听不清别人话，又指听不进别人话。

纳凉二①

六月热烦躁，敞怀迎凉风。
石桌一壶茶，独品为心空。
捉笔欲作诗，恨无知音共。
来者②与故人，何人同赏梦。

2009.6.26.

①这是已丑年写的第二首纳凉诗。作者独处纳凉，内心寂寞。不仅是独处时的寂寞，更是与风气格格不入的寂寞。时下物欲横流，很少有人清心寡欲写诗，能够平心静气赏诗的人更少。

②现在不认识作者的人或后生。

为某项目仲裁结束而作①

历尽坎坷成正果，
八十一难②亦不多。
一心害人终害己，
好人荫佑如来佛③。

2009.6.26.

①在某项目施工及决算过程中，个别领导为一己私利，人为设置许多障碍，使作者受尽折磨。事情大白于天下后，个别领导日子也很不好过。

②唐僧经历八十一难终于取回真经。

③被如来佛荫佑。

悲李广①

命运捉弄悲英雄，
虚名太盛②难建功。
只拜将军无帅印③，
无怪战死亦不封。

2009.6.27.

①常言：李广难封。但李广为何难封？作者以为有其必然性，作此诗表达作者观点。

②飞将军李广名声太大，匈奴避免与其作战，难以建功，故名声成了妨碍建功的虚名。

③汉武帝也在利用李广的名声，多次作战时将李广置于次要位置或方向以吸引敌方注意力，本来就不可能建立不世之功。

悲李陵[1]

祖孙三代均悲情，
诈降难为亦英雄。
史官净言[2]留清誉，
客死[3]只因断归程。

2009.6.28.

①李陵为李广之孙。李广难封众人皆知，李广子李敢死于汉朝内耗，孙李陵率一支小部队与匈奴人作战，杀敌无数，因寡不敌众，只能诈降。但时刻准备归汉。

②汉朝上下认为李陵投降，唯史官司马迁坚持认为是诈降，并为此而受宫刑。

③李陵终于客死他乡，没能归汉。原因是汉武帝不同意司马迁的观点，而杀害了李陵全家，断了李陵的归路。

悲苏武①

丁年②奉使皓首归，
苏武亦无封侯印。
北海③空坐④咒逝川，
唯有青史寸丹心。

2009.6.28.

①苏武也算是悲剧英雄，回归后既没有重用，也没有封侯。苏武困守北海（今贝加尔湖）时，曾与另一悲剧英雄李陵有过交流。

②青壮年。

③北海就是今天的贝加尔湖，苏武牧羊在此。

④没有得到应有的功名和待遇。

看唐贯休《公子行》有感[1]

读罢贯休《公子行》，
青衫尽湿哭秋风[2]。
今日仍有少年郎，
稼穑[3]三皇[4]六腹空。

2009.6.29.

附唐贯休《公子行》

锦衣鲜花手擎鹘，
闲行气貌多轻忽。
稼穑艰难总不知，
五帝三皇是何物！

①看罢唐贯休《公子行》，作者深有同感，深以为然，今天有许多类似的公子哥。

②为今天许多类似的公子哥而悲伤。

③种植和收获庄稼，这里泛指谋生或生活技能。

④泛指历史。

看唐贯休《公子行》有感二①

锦衣秀发炫②精神，
互道清谈③壮志泯。
不思明日贪今醉，
老骥犹存万里心④。

2009.6.29.

①写完“看唐贯休《公子行》有感第一首诗后，觉意犹未尽，又写了一首。
②炫，既有夸耀的意思，又有太另类而刺明人眼睛的意思。
③不咸不淡，不着边际的话。
④老马犹有万里心，况且人，特别是年轻人怎么能没有一点想法？

日本、东南亚诸国占我岛礁有感①

岛礁尽丧无复兴②，
后人观海水缸中③。
中华自古多忠勇，
施琅何时踏海风④。

2009.6.30.

①在网上经常能看到国人对日本、东南亚诸国占我岛礁的担心和愤怒，作者虽不才，但也有民族正义感和民族自尊心，作此诗以表之。

②指中华民族的伟大复兴。

③此句乃气话，意思是说岛礁尽丧，海上国门被人关闭，无法飘洋出海，后人只能在水缸中认识海了。

④施琅是清朝收复台湾的将领。意思是能臣良将什么时间才能收复这些被占岛礁。

和唐李贺《南园六》诗一首[1]

寻章觅诗既雕虫，
何苦摘句到天明。
愁绪满腹苦行乐[2]，
宴间代酒可助兴。

2009.6.30.

附唐李贺《南园六》

寻章摘句老雕虫，
晓月当帘挂玉弓。
不见年年辽海上，
文章何处哭秋风。

①唐李贺《南园六》中认为作诗是雕虫之计，没有大用，既不能定国，又不能安邦。作者完全同意此观点。

②心有愁事，无以排遣时，可以作诗发泄情绪，苦中作乐，以苦为乐。

观棋偶遇①

路旁树下弈炮车，六人两党啸声急。
楚河汉界九只手②，输赢难料无高低。
道骨仙风一长者，点头摇首捻胡须。
观棋不语真君子，述圣再现彭高棋③？

2009.7.

①常言：观棋不语真君子。现实中难有这样的真君子。但作者偶遇一观棋不语且有道骨仙风老者，深以为奇，作此诗。

②有人两只手会伸到棋盘上。

③清末、民国初年兰州出来个西北第一高棋，姓彭名述圣。

和唐王建《新嫁娘词其一》一首[1]

今年新娘难下厨，
叩门肴羹尽遣出[2]。
婆母谦称未谙味[3]，
烹技落代乏新术[4]。

2009.7.2.

附唐王建《新嫁娘词其一》

三日入厨下，
洗手做羹汤。
未谙姑食性，
先遣小姑尝。

①唐王建在《新嫁娘词其六》中描写了一位贤淑、孝敬公婆的新嫁娘，很是感人。作者联想现在的新媳妇，与古人大相径庭，心中不平，作此诗。

②新媳妇叩门回家，公婆端出所有的好饭菜。

③不知道口味，饭菜是否合口？

④媳妇说：烹技落后，都是老做法，应学习做现在的饭菜。

心满意足[1]

存钱不多已够用，贮书不少仍嫌空。
忙时寻章觅小诗，闲来摘句追文风。
秋凉入庭赏菊花，春暖出门迎桃红。
养心无求最渴求[2]，再迟十年白头翁[3]。

2009.夏

①兰州市纪检委开会，市监察局杨幼清局长讲话，作者边听讲话边写了此诗，作为生活写照和精神追求。

②最渴求的生活就是修心养性，无所追求。

③身体健康，让头发再晚白十年。

杂　诗[1]

朝代更替终未停，
万里长城万里空。
月圆意足守一夜[2]，
岁月无情满张弓。

已丑夏月

①已丑夏月，无事喜读历史书籍，特别是《中国通史》和《中国人史纲》。长城空在，朝代却在无情更替，谁也无法阻挡，这就是历史的进步和发展。

②月有阴晴圆缺，月圆只是一两天的事。

③月亮似弓，月缺无情，且谁也无法阻挡。

赞董宣[1]

权法争大仍不休，
理论实践各鳌头[2]。
古时不缺强项令，
今人回望可知羞。

2009.7.

①董宣是东汉时维护法律尊严的代表人之一。当街拦光武帝刘秀姐湖阳公主，杀其恶霸管家偿命，宁死不给受惊吓的公主低头道歉，获美誉强项令。

②理论上法大，实践中权大，这样的事例比比皆是，故曰各占鳌头。

走河西

戈壁雪山是胡天，
芦荡水汉[1]亦江南。
凉州城边羌笛声[2]，
春风杨柳何来怨。

2009.7.

①芦荡水汉：张掖湿地公园呈现的美丽景色。

②凉州：武威。兰州市政协考察团回程在武威城边吃中午饭，热情好客的武威市政协饭间表演文艺节目，羌笛悠扬，一片春风。

和市政协诸君赴河西途中①

已丑火六月，飞车走张掖。
左望麦茬②黄，右眺树摇曳。
青霭淹村落，灰雾浮山缺。
祁连连天处，是云也是雪。

2009.7.

①2009年7月，兰州市政协组织考察团赴河西考察，作者有幸参加。途中被河西风光吸引，车上吟成此诗。

②小麦已收获，地里只留下麦茬。

参观张掖湿地生态公园①

日斜走湿地，栈②曲没又还。
高树隔绿篱，低苇织青毯。
人近鱼惊水，芦楫③迎看官。
东家④悄声语，尽处藏鸿雁。

2009.7.

①在张掖市专程游览了湿地生态公园。印象中飞沙走石的河西走廊有如此壮美的湿地公园，实为意料之外。

②栈：湿地水草之上的栈道。

③芦楫：芦苇低头作揖。

④东家：陪同游览的张掖市政协朋友。

高台拜谒西路军陵有感①

河西自古建功业，少年②一战封侯爷。
红军无悔百战死，壮士俱流无名血。
两万忠骨没荒野，六十春秋哭对月。
一日视如汉家将③，千载浩气祁连雪。

2009.7.

①河西考察的第二天，参观高台。全体人员拜谒西路军陵并敬献花圈。关于西路军历史我粗知一二，此次拜谒和参观，知道了许多珍贵的细节。

②少年：指汉朝霍去病。

③汉家将：意思为国家的忠勇战士。以前对西路军有不确切的认识。

拜谒高台西路军陵
为杨克明烈士夫妇感动[1]

烈鹰单飞山河残，不知良人[2]征玉关。
空梦独守数雁返[3]，齐家教子盼夫还。
忠魂不回守祁连，村北守望扶杖年。
最恨一日信念破，身心随夫化为烟[4]。

2009.7.

①在参观西路军纪念馆过程中，讲解员讲述了关于红十五军团政治部主任杨克明烈士的故事，不少人也包括作者为之动容。

②良人：丈夫。妻子不知丈夫为西路军将士。

③数雁返：一年大雁往返一次，就这么默默地一年一年的数着雁返的次数。

④上世纪八十年代妻子得知杨克明烈士的消息，携后人赴高台祭拜后不久去世。

读书偶得

今晨偶得诚斋[1]言，
整日琢磨以为然。
不留三句五句诗，
安能千人万人念[2]。

2009.7.

①宋代诗人杨万里，字诚斋。他曾说：“不留三句五句诗，安得千人万人爱。”作者不敢言爱，能有人记起就知足。

②念：记起、记得、喜欢。

陪民主党派诸君游我山[1]

他岭黄尘脚亦埋，
我山绿槐天不开[2]。
花放季节随意采，
千树万树成郎载

2009.7.中旬

①许多党派朋友到作者单位所属的绿化基地参观过，有民革孙晓刚主席、民盟蒙自福主席、九三戈银生市长等等，作者每次都会很自豪介绍绿化情况。

②天不开：树林郁闭度较高，只能从树缝中看见天。

过兴隆山与先后辈诸友又拜先烈[1]

青山掩完冢，黄碑[2]刺破云。
每每携亲朋，例先拜忠魂[3]。
弃情为理想，前仆不转身[4]。
非神泣百神，是人恸万人。
高山安可仰，清心拭浮尘[5]。

2009.7.15.

①2009年7月15日晨同兰州市政协王峻夫常委、刘朝、孙志诚委员和晚辈雷强等到烈士陵园谒陵。天气阴沉、低云徘徊、气氛凝重。

②纪念碑主格调为黄色。

③每次到兴隆山游玩，先到烈士陵园拜陵。

④前仆，向前倒下。不转身，即牺牲时没有一丝犹豫和迟疑。

⑤面对先烈无法望其颈背的高尚品德，反思自己，清净心灵，擦干净心里不健康的东西。

游官磨滩看西山梯田有感[1]

官磨对两山，阴阳割明暗[2]。
滩东青隐隐，路西黄坡田。
青山登高望[3]，百衲衣[4]挂天。
欲多几斗粮，天怒人也怨。

2009.7.25.

①2009年7月25日作者与兰州市城关区诸领导赴官磨沟避暑休闲。作者站在沟里黑松林下，看到官滩沟东山郁郁葱葱，林木茂盛，而西山则人为开为坡田，一片黄色，让人感觉很不舒服，于是写成此诗。

②东山光线阴柔养眼，西边因无树木而光线太强，很刺眼。

③作者与几位年轻人登上东山后向西山眺望，责怪声一片。

④西山上的坡田南一块，北一块、大一块、小一块，形状各异，就像行脚僧人的百衲衣。

官磨滩爬山①

小友②为我探山形，
青山首次见我容。
几棵老树似相识，
揖让轻舞③送凉风。

2009.7.25.

①城关区组织两代表一委员（人大代表、党代表、政协委员）去兴隆山官磨沟纳凉，作者亦前往。多数人在黑松林玩牌，作者与几位年轻人爬官磨滩东山。

②城关区老干局小王。

③几棵大树随风摇摆，既像谦让作揖，又似轻歌曼舞。

过冶力关路边观水[1]

耳边水声鸣，脚下绿树静[2]。
穿树至沟底，感悟水狰狞。
轰然渲野性，数堆雪跳行[3]。
百洄无西返，东进疾风惊[4]。

2009.7.

①我曾三次过冶力关，每次在关中都会驻足，听听路边的水声，到沟底看看涧流。

②路边可以听到水声，但看不见水，看见的只有各种树木。

③急流碰到大小不一高低不同的石头时形成的白色水花像一堆堆跳动的雪。

④急流虽百折百洄，但仍携着一股凉风向东疾进，终将成为东海的一波碧涛。

冶力关即景[1]

万棵秀木娇，千仞绝壁峭。
孤雁几秋声，高飞绕山腰。
一夫百万师，岩悬三尺道。
关塞久不戍，能否觅前朝[2]？

2009.7.

①冶力关在临夏州康乐县和甘南州临潭县分界处，关隘险峻，一夫当关，万夫莫开但风景秀丽。

②雄关险道，但早已无人驻守。认真寻觅，能不能找到一些前人守关的踪迹呢？

为乌鲁木齐7·5事件而作①

汉维蒙藏皆兄弟，
共擎中华一杆旗。
一荣俱荣同呼吸，
害人既为戕②自己。

2009.7.8.

①乌鲁木齐7·5事件，作者十分揪心，那里有作者的同学和朋友，作者曾专门给梁文华同学打电话问平安。作此诗以表达心情。

②祸害别人就等于自己割自己的肉。

梅花太孤独①

凌寒开放已不易，
独斗冰雪更万难。
青帝②睁眼怜惜之，
应遣伴侣不孤单。

2009.7.10.

①关于梅花的诗很多，对梅花赞赏有佳，但很少有人正真理解梅花的苦衷。梅花凌寒开放幸福吗？独斗冰雪不孤独吗？那些具有梅花品格的君子们不需要关爱吗？是否应该让更多的花具有梅花的品格？是否应该有更多的具有梅花品格的人？

②传说中掌管花草的神仙。

与同学交流子女教育有感[①]

经历何其同，
互为钟子期[②]。
倾听伯牙[③]诉，
宛若道自己。

2009.7.

①与少时同学交流子女教育，经历何其相似，升学、转学、出国留学，甚至子女做的一些小事，说的一些话都一样，作为家长担心的问题，经历的磨难如出一辙。几乎没有思考，一口气写出了这首诗，赠与同学。

②传说知音中的听琴人，见《列子·汤问》

③传说知音中的弹琴人，见《列子·汤问》

读宋苏轼《浣溪沙》有感于母亲学游泳[1]

莫道百川东流去，天河隐隐渡水西。
盛世人生可再少[2]，耋耄喜补童趣戏。
归家[3]胜似当差忙，吟咏游水均可以。
心清身轻子孙庆，岂悲醉歌唱黄鸡[4]。

2009.夏

附苏轼《浣溪沙》一首

山下兰芽短浸溪，松间沙路净无泥。
潇潇暮雨子规啼。谁道人生无再少？
门前流水尚能西！休将白发唱黄鸡。

①母亲童心大发，常和孙子去游泳。市体育局以前送我的本以为无用的免费卡也有了用处，且向付松华局长索要。

②太平盛世，老人心情好，故能年少。

③指上班时，或是退休前。

④白居易在《醉歌》诗中感叹，听到一次次黄鸡啼叫，人也一天天老了。让人伤感。本诗句反其道用之。

读《宋史》为辛弃疾鸣不平①

超越韩信才，不济岳飞命。
老来比廉颇，少时同陆翁②。
鼓呼美芹论③，树静灵隐空。
封剑笔渡日，武将文英雄。

2009.7.

①辛弃疾是伟大的爱国词人，政治、军事才能极高，但昏君无能，没能施展安邦定国的才华，甚至没有像岳飞一样轰轰烈烈过。

②指与辛弃疾同时代的陆游，陆游号放翁。

③辛弃疾上书朝廷《美芹十论》，完整提出了南宋如何抗金、收复失地的计划。但如石沉大海，没有一丝动静。

祭爱国诗人陆游①

打虎容易杀胡难②，偏安谁惦赤县天③。
武穆④尚且不自救，请缨无路终身憾。
寄情诗中盼王师，纵马梦里定中原。
又一武将文留名，诗词篇篇飘青山。

2009.7.

①陆游也是一位极有政治、军事才能的英雄，但生不逢时，既没做过大官，也没做成大事。和辛弃疾一样，也是武将文英雄，以诗歌名垂青史。

②陆游曾是打虎英雄，武艺极高。杀胡，指抗金，杀退金兵。

③赤县指中国。朝廷贪图偏安，谁把国家放在心上。

④武穆，岳飞死后追封为武穆王。

悲剧英雄岳飞①

中兴四将难中兴，出征忘记君侧清②。
千秋抱憾岳武穆，不捣黄龙归朝廷。
河山遗民弃不顾，投瓮自认遵君命③。
难分大义与小忠，注定屈死风波亭。

2009.7.

①岳飞是历史上著名的悲剧英雄。作者从少年时就思考，如果岳飞不奉旨回归，而是直捣黄龙会是什么结局？作者以为南历史有可能重写，陆游可能不会有“南望王师又一年”的感叹。

②历史上把清除皇帝身边小人称为清君侧。

③自投罗网，自己还以为是听君命，是忠臣。

雷简夫三荐三苏感怀[1]

骚客皆叹三苏奇，折挂长路鲜静析[2]。
出道初年寻伯乐，谁堪奔呼为人梯。
简夫玉清识璞玉，三荐保举为大义。
两相[3]才高知惜才，一门三苏登及第。

2009.7.

①雷简夫是作者母亲的先祖，北宋时在雅州知州任上，多次向几位丞相推荐三苏（苏洵、苏轼、苏辙）传为千古佳话。陕西省曾召开雷简夫三荐三苏研讨会，颂扬其甘为人梯的精神。

②本句意思为很少有人冷静分析三苏的成名之路。

③两相指曾为北宋重臣的韩琦、欧阳修（官职相当于丞相）。

三苏常在，简夫不常在①

三荐冰心映后人，无惧闲言淡官身②。
肩扛苏门成文魁，青胜蓝时蓝更媚。
姜尚空钓须③清白，文王不访眼昏黑④。
今日何处觅雷君，苏辈芸芸谁指北？

2009.7.

①作者经常想，雷简夫为什么会不顾影响，不计得失再三举荐三苏？甚至为韩琦枢密使（丞相）写信说：用之则国有帝师，不用之幽谷多叟翁。言辞如此恳切，不惜动用几代人积累的私人关系。今天还会有这样的伯乐吗？

②把自己的官身看得很淡。

③胡须。

④姜尚有才，假如文王不访、不识才又有什么用。就算胡须再白，钓鱼时间再久也是白搭。

到城关区调研小街巷改造感慨颇多[1]

缺金少银事难办，
按头饮水[2]留后患。
强行发展不和谐，
长此以往何以堪！

2009.7.

①作者同民盟的五位政协委员和区人大杨主任调研得知小街巷改造任务大，资金不到位，欠账多。这种局面什么时候才能改善？

②有些项目不具备条件，可领导为了政绩强行安排，基层无可奈何，称之为按头饮水。

为季羡林辞世而作①

先生永别自西游，
大师再无空悠悠②。
国学百年依老树，
前路漫漫谁遮羞？

2009.7.12.

①2009年7月11日国学大师季羡林辞世，从此国学再无大师，作此诗以纪念。悲痛之余，又为国学将来而担忧，没有大师的日子如何过？谁能挺身而出为国学遮羞？

②没有大师了，感觉空荡荡，无依无靠。

花房读书偶感①

花房不大知东西，
笔头虽小走天地。
吟咏代酒一年间，
小有收获出诗集②。

2009.7.12.

①在楼外露台有一花房，作者读书、学习、写作都在此，是利用率最高的地方。花房见证了作者的快乐、烦恼、兴奋和忧愁。

②指已由兰州大学出版社出版的第一本诗集《饮酒钓夕阳》。

异类少年忧思录[①]

其 一

奇装异发也是人，
戏酒游街待[②]犬亲。
腹中无书空自大，
识钱不识父母心。

2009.7.

①也许是作者年龄大了几岁的缘故，对社会一小部分少年非常担忧。他（她）们的所作所为与社会如此格格不入，与主流少年反差很大，长此以往，如何得了。但愿我的忧虑是杞人忧天。

②游街：在街道上游逛。作者常看见奇装异服、发型怪异、或满口酒气、或牵狗溜街的少年。

异类少年忧思录[1]

其　二

自诩取义灭亲情，
岂知英雄尊孝行。
待亲不孝难义友，
自古孝考义水平。

2009.7.

①对异类少年的忧思录共写了八首诗，这是第二首，主要描写有些自以为很仗义，有古代江湖侠客之感的少年，规劝他们孝为义先。

异类少年忧思录[1]

其　三

不知父母姓氏谁，
无解先人人或鬼。
堂前街边扯胡话，
百科皆墨怎懂愧[2]。

2009.7.

①这是异类少年忧思录的第三首诗，描写那些不了解家史，不理解父母，胸无点墨的少年。

②同“无知者无畏”表达的意思一样。什么都不知道，所以什么都不害怕，也不知道什么是羞耻。

异类少年忧思录

其　四

固执[1]缘因无知故，
乾坤岂因尔荣枯。
黄梦[2]不醒恐漏乘[3]，
劝尔腹中快贮书。

2009.7.

①固执：指异类少年听不进别人话，自以为是。

②黄梦：黄粱美梦，自以为是的空想。

③列车在运行过程中，乘客途中下车而没及时上车，被留在半路上的情况叫漏乘。

异类少年忧思录

其　五

贮书[1]难于上青天，
多贮半字搞价钱[2]。
何方神圣显灵光，
一梦醒来成大贤[3]。

2009.7.

①贮书：指看书学习，贮存知识。

②为学习与家长讨价还价，为了家长而学习。

③大贤：特别有知识，有文化，思想品德高尚的人。

异类少年忧思录

其　六

钱是父亲奶①是娘，
钱奶愈多愈亲狂。
十五初一若有恙②，
唾弃双亲走牛廊③。

2009.7.

①包括奶在内的所有吃的和用的东西。

②十五也要，初一也要，如果哪天钱物不能满足所要。

③走牛廊：到牛圈里去，因牛有奶。意思是如果牲畜能提供钱物，就会拜其为双亲。

异类少年忧思录①

其　七

朗朗乾坤自逃亡，
虚幻世界竞逞强。
今日不议明天事，
梦醒再思又何妨②？

2009.7.

①这首是描写的是有些沉湎于网络虚幻世界的少年的状况，逃避现实，在虚幻世界中游戏人生。

②不想将来、不思现在，今日推明日，没有责任心。

异类少年忧思录①

其　八

牛气②市场和街边，
老幼叹息谁敢管。
话不投机挥小拳，
明日想收买路钱。

2009.7.

①这首是描写的是那些打架斗殴的少年的状况，以为天下老子第一，无人能管，实为井底之蛙，可笑之极。

②牛气十足，非常霸道，不讲道理。

雷简夫荐贤[1]

江山为重己为轻，三荐三苏于三公[2]。
用则庙堂有帝师，废矣幽谷多叟翁。
三公简夫同品性[3]，鸿儒登台唱大风。
难料妒才弃苏门，两宋文坛谁做东。

2009.7.

①关于雷简夫三荐三苏的诗已写过两首，但总觉言犹未尽。不是因为其是母亲先祖的缘故，而是觉得有太多的现实意义。现代的雷简夫在何处？现在的机制能容忍雷简夫的所作所为吗？

②三公指益州太守张方平、枢密使韩琦、枢密副使欧阳修。

③三公同雷简夫一样为国举才，并不半点妒贤嫉能。欧阳修曾对儿子说："30年后，无人再谈论老夫。"他知道会被三苏的光芒遮盖，但义无反顾的推荐、重用三苏。

读《宋史·梁红玉》有感①

谁言青楼无淑能，商女只知金和铜？
靖难兴邦均有责，道不相同理相通。
近有凤仙救蔡锷②，远是红玉助世忠。
香君斥郎③明大义，敢云烟花不藏龙？

2009.7.

①梁红玉本为青楼女子，嫁韩世忠为妻，助韩世忠黄天荡大败金兵，建立不世之功。在读此段历史时为之感动，故作此诗以记之。

②蔡锷在云南首举义旗，反对袁世凯复辟帝制。青楼女子小凤仙深明大义，帮助蔡锷逃出袁世凯的魔掌。

③明著《桃花扇》中，江南名妓李香君委身奔走护国的名士侯方域。但当国丧城破而侯方域投身满清时，李香君怒而斥之，不忘亡国之恨。

今人难解简夫荐贤①

常理宦游争功名，
交好三公为迁升。
不解荐才用私情，
万般皆废②耳旁风。

2009.7.

①如前所述，今日想起雷简夫，又想写几句，一个陕西人，宦游四川，不是为了功名吗？同朝廷重臣有那样亲密的关系，为什么没有用这样关系为自己升官发财呢？

②雷简夫结交三苏后，自己的前程命运弃之脑后，为荐三苏所作所为超出常理，别人劝他也置之不理。

无　题[1]

儒生是叶公，喜龙怕真龙。
千秋诗画里，怎能刮大风[2]。
难为古帝王，焚书坑儒生。
天地任尔想，无非百家鸣。

2009.7.

①古人言：百无一用是书生。可历代统治者都害怕书生，不许书生随便写作说话。从焚书坑儒，到延续到文化大革命的臭老九，无一例外。有什么好怕？无非是先秦诸子，百家争鸣，说说而已。

②千百年来书生的世界都在诗里、画中。不会掀起大浪，刮起大风。

和唐张籍《秋思》一首①

书信已作古，
偶现成文物。
天涯近咫尺②，
日夜可倾诉。

2009.7.

附唐张籍《秋思》

洛阳城里见秋风，
欲作家书意万重。
复恐匆匆说不尽，
行人临发又开封。

①看到唐张籍诗《秋思》，作者想到少时和家人、同学、朋友间的书信往来，深有同感。可现在谁还写信？长此以往，书信恐将作古，只能出现在记忆中了。

②互联网拉近了人与人之间的距离，无论多远，无论何时都能互相倾诉。

做人应像玉①

乾坤何地无玉尘，
有尘方显玉清纯。
玉尘同生不同心，
尘被勤拂玉千春。

2009.7.

①按理说做人应像玉一样纯洁，人品应像玉一样高贵。可现实中许多人偏把自己伪装起来，坏人伪装可以理解，可好人也在伪装自己，故意玉石不分。

②玉上的尘土应勤拂拭，好让千秋万代的人欣赏到玉的高贵。

劝天公人尽其才①

人用所长讳其短，天公瞎派抽下签。
词诗绝家后宫暖②，书画圣手天下寒③。
官宦多露商贾面④，商贾偶显诗人言。
千古道理何其易，一日实现不再难。

2009.7.

①用其所长，避其所短，人尽其才，道理何其易懂。可现实中总有那么多专用其短的故事，留下那么多的遗憾。此等故事现在也有，比比皆是。

②南唐后主是词坛绝家、情圣，可历史偏让他当皇帝，让他痛苦至极。

③宋徽宗书画难有人出其右，如果他不当皇帝，历史一定留下正面书画圣手的形象。

④古人言：文官不贪财，武官不怕死。可现在许多官员偏像商人一样爱钱，如此官员应该去当商人。

看武则天无字碑，思考良久①

无字非无为，有碑亦有德。
千秋任评说，万口皆碑文。
民安山河壮，何虑女儿身。
史河五彩花②，似应获首肯。

2009.7.

①2009年5月作者回陕路过乾陵。武则天立无字碑无非是让后人评说她的千秋功罪，在她执政期间，国富民强，疆域拓展。作者认为，只要对国家有利，女人当皇帝有何不可。

②女人当皇帝是中国历史长河中的一朵五彩花，绚丽多彩。

当家不做主①

父系②轴心已久远，
河山貌似须眉天③。
岂晓悠悠几多事，
男担虚名女操权。

2009.7.15.

①男人当家不做主，已是普遍现象，作者也不例外。昨日为一小事和内人争执，心如乱丝积麻。作此诗一为自嘲，二为解脱发泄。

②父系社会，以男人为中心，男人当家做主的社会。

③须眉天指男人的天地。

女人心①

妇心走两极，爱毒均第一。
世间千千爱，母爱爱无比。
人道秦桧坏，拜师于其妻②。
九霄十八狱③，惊天又入地。

2009.7.16.

①昨日网上看见两则消息，一是女人舍身护子；二是女人虐侄致死。同为妇人差别为何如此之大？让人叹息！

②传说秦桧欲杀岳飞却苦于无名，其妻指点秦桧“莫须有”，实比秦桧还坏。

③妇人正面形象光照九天，坏妇人的形象可入十八层地狱。

初嫁一①

嫁入夫家落深院，
随侍婆姑忙厨浣②。
夫婿商归欲哭诉，
鹦鹉问好不敢言③。

2009.7.17.

①两首《初嫁》诗均为模仿，凭空想象。类似李白诗《怨情》：美人卷珠帘，深坐蹙蛾眉。但见泪痕湿，不知心恨谁？古人模仿女人写诗很多，很普遍。

②侍候婆姑，做饭洗衣很辛苦，很有怨气。

③害怕鹦鹉学舌告状。

初嫁二[1]

初入夫门惊喜多，
婆侍羹汤姑巾罗。
谁可表我知足心，
问好鹦鹉夸姑婆[2]。

2009.7.17.

①如前诗所述，本诗模拟一位初嫁的口气而写。但表现的意境与前一首诗正好相反，幸福之情溢于言表。

②在鹦鹉前表达幸福满足之情，夸奖姑（丈夫的姐妹）和婆婆，希望鹦鹉可以传话。

新疆7·5事件二十天感言[1]

上相[2]自请解悬危，一路植荫到西陲。
踏歌曼舞天山雪，树静风平一百岁。
今日小恙应无虞，左公如云民思稳。
各族同心共捉贼，无须抬棺[3]出玉门。

2009.7.25.

①新疆7·5事件二十天了，风平浪不静，谣言传闻很多。但作者不以为然，坚信无关大局，翻不起大浪因国心思稳，民心思稳。

②指左宗棠。出自清杨昌浚“上相筹边未肯还”。

③清左宗棠入疆平叛时，已年过六旬，为表达平叛决心，抬棺入疆。

古诗有些提法不妥①

徜徉古诗多有疑②，胡天胡马胡管笛。
应怜诸朝不盛世③，无怪先贤出偏棋。
本朝九州同日月，吾辈四海皆兄弟。
中华一族他我你，今岁共擎五星旗。

2009.7.26.

①在古诗词中，边塞诗词占有重要地位，其中许多都有对少数民族的蔑称，称少数民族为“胡”。用今天的观点看问题，这种称法是错误的，一是因这些少数民族都是我们的民族兄弟，二是我们合称中华民族。

②疑：疑问，引深为有不妥之处。

③不盛世：常与少数民族作战，战乱不断。因此才会有边塞诗词和“胡”的说法。

参观城关看守所感言[①]

一墙之隔两重天，二目滞呆四季寒。
已觉自由弥足贵，只能梦中回从前。
身心俱焚重锤炼，脱胎换骨划界线[②]。
墙内岁月莫虚度，勿使亲朋空苦盼。

2009.7.28.

①作者同兰州市政协委员刘朝一起被聘请为公安局城关看守所执法监督员。聘请会后应邀参观，本诗为参观后的感言。

②同以前划清界线，一刀两段。

盼知音①

艰难求索怕独行，
吟咏长啸无回声。
子期何在与我共，
高山流水谁人听②？

2009.8.2.

①写诗吟诗的生活，现在没有多少人喜欢了。不但孤独，而且没有人理解，甚至很多人还不屑一顾。作者不需要表扬，只需要有人能与之交流，评论提意见，可这很难。

②不知钟子期在什么地方，弹奏的高山流水谁来听啊？

孝忠同学大学毕业后终于返兰①

其　一

浮云回眸八千天，
侯雁不返二十年②。
啸声依旧笑依旧，
难觅沧桑疑逝川③。

2009.8.

①同学之间的感情岂是一首诗能表达，带着酒意作者又写了两首，一气呵成。

②既为侯雁就应每年回归，可是已经二十年没有回来了。

③争吵声、笑声和大学时代一模一样，没有因为沧桑变化而变化，以至于作者都怀疑真的分开那么久的时间了吗？

孝忠同学大学毕业后
终于返兰

其 二

二十三年[①]才相见，
四十六岁[②]几懂天。
商定归期再为别，
不待扶杖耄耋年[③]！

2009.8.

①作者和孝忠同学分别二十三年。

②作者和孝忠同学均已四十六岁。

③不能再分别二十三年，等到七十岁时扶着拐杖见面。

赠孝忠同学[1]

孝忠能双全，孤雁终回归。
同情醉中圣[2]，别样[3]又五樽。
三日尚不醒，梦中落浊泪。
情旧更依依，忆深面目新。

2009.8.

①赵孝忠是作者大学同学，毕业后二十三年没有音讯，2009年8月突然和唐思军同学一起回到兰州，喜出望外，兰州同学设酒款待，作此诗以记之。

②同情：和大学时代的感情一样。醉中圣：古时酒场喝醉称酒中圣人。

③别样：和大学时代的容颜、模样变化很大，双鬓斑白。

题绿化基地别墅①

北山树好已结庐，南坡门虚待舍友。
此处自识胜天姥②，诸君无须恋天都③。
吟咏月宫流水调④，东坡何故怀子由⑤？
乐天八友游香山⑥，我与几人度晚秋？

2009.8.3.

①作者林场地处兰州市南北两山的北山，小楼已落成，常戏说在此颐养天命，度过退休后的岁月。

②天姥：山名，在浙江新昌东。李白有《梦游天姥吟留别》。

③天都：黄山天都峰。

④指苏轼丙辰中秋所填《水调歌头》。

⑤子由：苏轼弟苏辙，字子由。

⑥乐天：白居易，字乐天。白居易老时结交八友隐于洛阳龙门东山，因香山寺也称香山。死后葬于此。

与民评代表市林勘队诸君上皋兰山①

做客为公干②，随主上兰山。
觅荫忙迎凉，徜徉松云间。
主客一斤酒，杳钟两声半③。
游女献妙论，两界不二男④。

2009.8.6.

①在兰州市2009年评议机关政风行风工作中，作者被安排评议林业系统并担任评议组长。与市林勘队服务对象座谈会后，受林勘队安队长之邀上皋兰山实地感受。

②因为公家的事到林勘队做客。

③远处寺庙中传来悠扬的钟声，长短不一，高低交错。

④不远处男女打诨，不知是表扬还是讽刺，说什么：“你是天上人间最好的男子。”

皋兰山晚霞①

唱经声近鼓声远，
斜阳泣血为恋天。
满目披金黄灿灿②，
我与夕阳同下山。

2009.8.6.

①与民评代表和市林勘队诸君从皋兰山下山时，天已到傍晚。晚霞满天，美丽极了，情不自禁吟出此诗。

②山坡、树木、亭台楼阁等等笼罩在金黄色的晚霞中。

与昨日诸君
再上皋兰山纳凉①

今踏昨履迹，再卧松云间。
云低凉风急，天曰到秋关。
一日连两季②，雨至送秋寒。
吁吁惜昨日③，悔无老白干④。

2009.8.7.

①昨日皋兰山之行大家都感觉不足兴，有人倡议今天再次前往。于是昨天原班人马又故地重游，我又躺到昨天的躺椅上。

②今天8月7日，立秋，所以说一日连两季。

③想起昨天是那样的热，而且还喝酒。

④因下雨变天很冷而想喝酒，后悔没有带。老白干：一种烈性酒。

爬　山①

杳杳钟声缓，
有寺在东南。
登高再远眺，
曲径没②青山。

2009.8.

①因参与评议兰州市森林公安局政风行风工作，有机会随森林公安局诸领导上南山，去了一个不知名的山庄。大家玩耍时，我独自一人爬山自娱，得此诗。

②没：淹没、消失。小路消失在青山中。

有感而发[1]

身正不惧鬼，
心歪亦怕神。
口称陀佛者，
也将成好人？

2009.8.

①作者和某单位的争议经过司法程序结束后，某单位领导极力标榜自己，仿佛和真唐僧一样无辜。他的用心路人皆知，现在标榜有什么用。

今秋第一场雨①

低云寒风天也愁，
泪雨难分②夏又休。
镜里白发不忍剪③，
人生可堪几回秋？

2009.8.10.

①秋雨送来清凉，可清凉并没有带来轻松的心情。一年又到秋，时光荏苒，过得太快了。

②是雨水还是泪水？实在难以分清。

③因白发太多而不能再剪了。

晨　雨①

雨声入梦任梦游，
梦断迟醒雨自流。
绿叶更绿花长揖②，
远山又远似无有。

2009.8.

①进入八月份以后，雨水较多。昨夜又在下雨，清晨站在露台，欣赏着雨中的兰州。

②花长揖：花因雨而湿重，故低头形似作揖。杜甫有诗云："晓看红湿处，花重锦官城。"

立秋至今连续三天秋雨①

提醒人间过秋关，
送爽老天雨涟涟。
棉衾重拥②觉不醒，
短袖已换长布衫。

2009.8.9.

①从8月7日立秋开始，连下三天雨，为酷热送来清凉，心情十分清爽。

②又可以盖着棉被睡觉了。

午觉一[1]

日影正北[2]当午休，
餐中小饮三杯酒。
背巷树下车当床，
天塌地陷不梦游。

2009.8.

①夏日午觉对作者来说比权和钱还重要，已成为作者夏日生活最重要的部分。故以此为题作诗两首。

②太阳照的阴影在正北方向，即中午时刻。

午觉二

伏天午饭汗浸背，
槐下高卧觅凉荫。
不觉吹笛①关山雪②，
翻身③日斜扇裹身。

2009.8.

①吹笛：睡觉拉鼾。

②关山雪：梦境。因身体感到凉意而梦见关山雪。

③翻身：梦醒了，翻身起床。

黄河边散步①

水边思故事②，
履湿浑不知。
河曲浅洄处，
鸥鸟③笑我痴。

2009.8.

①诗中所说为一真实事情，不是创作。无论做任何事情，太专心都会到忘我的程度。

②故事，过去的事情。

③相传鸥鸟常常伴随高士，即有知识、有文化的人。莫非我也算个文化人。

和唐刘长卿《弹琴》一首[①]

吟游诗世界，孤灯伴夜阑。
清风自可爱，与我共缠绵。
敬仰刘随州[②]，早知多不弹。
初懂孟夫子[③]，寄心松云间。

2009.8.

附唐刘长卿《弹琴》

泠泠七弦上，
静听松风寒。
古调虽自爱，
今人多不弹。

①看到唐刘长卿《弹琴》后，感触很深。《弹琴》中有云：古调虽自爱，今人多不弹。今日何曾不是这样，作者喜吟咏作诗，又有几人喜欢？

②刘长卿曾任随州刺史，故人称刘随州。

③孟夫子指孟浩然。李白有诗：独爱孟夫子，风流天下闻。红颜弃轩冕，白首卧松云。

悔　恨①

少时不懂蜜需酿，
黄鹂哀鸣飞他乡。
半时糊涂悔半世，
一生清醒恨一江。

2009.8.

①本诗表现的是一位男子对少年时不珍惜爱情的追悔。半时的不慎造成了半辈子的悔恨，而且这种悔恨像江水一样绵绵不断，没有尽头。

夏日一①

我盼伏炎②短，
伊③爱夏日长。
装④丽惹蝶戏，
裙风自微凉。

2009.8.

①一年四季，春夏秋冬，风光各异，各有所爱。在作者以前的诗中，春秋冬均有涉及，唯缺夏日。故今夏以夏日为题作诗三首。

②伏天的炎热天气。

③伊：美人。

④装：穿戴打扮。

夏日二

虽恼蚊虫狂，
亦爱夏无凉①。
焚香②身心清，
读书时光长。

2009.8.

①无凉：不凉快，燥热。本诗句意为夏日燥热也喜欢。

②焚香：有两层意思：一是古人看书学习有焚香的讲究；二是焚香可以驱蚊驱虫。

夏日三

夏日虽烦热，
你我难清凉。
万绿[1]自窃喜，
悄然为秋忙[2]。

2009.8.

①万绿：各种树木和庄稼。

②为秋忙：为了秋天收获而快速生长，贮存果实。

家乡永远的骄傲
——柳公权①

沧桑几变换，万物多失传。
先生名与姓，时时在耳边。
柳体骨力劲，楷书霸千年。
耀州孕大师，我以同乡炫②。

2009.8.

①柳公权：陕西耀县人，唐朝时以骨力清劲、擅长楷书的书法大家。作者以前也知道柳公权，今年回老家期间，从耀县政协副主席雷天启处得到《铜川古代名人选录》对柳公权其人其事有了比较深入的了解。

②炫：炫耀，以此为骄傲。

字如其人——柳公权

柳体俯千年，骨力谁可堪？
心正则笔正，青史留笔谏①。
濯衣乃小节②，铮铮如昨天。
德操胜书技，今人多汗颜。

2009.8.

①唐穆宗曾问柳公权如何才能把字写好，柳公权回答：“用笔在心，心正则笔正。”穆宗肃然改容，知其笔谏。

②唐文宗为宣扬自己恭俭的美德，对大臣们讲：我的衣服都洗过三次了。大臣们对皇上节俭大肆称颂，唯柳公权说：“人主当进贤良，退不肖，纳谏诤，明赏罚；服浣濯之衣，乃小节耳！”

论笔道①

写字必学柳，学柳先做人。
心正则笔正，德为字要髓。
喜见众芸芸，同道且同归。
妇孺颂名姓，九州摹两碑②。

2009.8.

①现今社会研习书法的人很多，绝大多数人品书法艺技均为上乘，但也有例外。作者不谙书法，论笔道为一孔之见。

②两碑：指柳公权书《玄秘塔碑》和《神策军碑》，历代名家多认为是学习楷书的入门之阶。

过玄奘圆寂地——玉华宫[1]

黄陵回程六腹空，天意拜佛玉华宫。
上僧遗迹似梵文[2]，灵异芸芸皆佛经。
苦海云阔见舟楫，四季犹冬生春风[3]。
步步回首不忍去，吾心已住幽谷中。

2009.8.

①玉华宫，唐时帝王四大避暑行宫之一。玄奘，到西天（古印度）取经的唐僧，原在长安译经，干扰很多，眼见年龄渐长，尚有一半经书未译，唐高宗准其到已改为佛寺的玉华宫译经。玄奘在此渡过了生命的最后四年，译经六百多卷，并在此圆寂。

②梵文：古印度的语言文字。意思是深奥、看不懂。

③唐高宗知玄奘圆寂，悲痛欲绝，言：朕失国宝！苦海方阔而舟楫遂沉。本诗句反其意而用之，称国有玄奘如苦海方阔而看见舟楫。

今日玉华宫①

独有门楼高，崖老无古瓦。
曾经帝王宫，无处寻石马②。
浊水枯河滩，青纱掩农家。
蓝天山翠微，悠然任想遐。

2009.8.

①在中国佛教史上有独特地位的玉华宫，因过去破坏和现在保护不力，古迹殆尽，徒有虚名，让人大失所望。

②杜甫曾路过玉华宫并留有诗篇，其中有云：“故物独石马。”所以作者叹息道：“无处寻石马。”

古贤今人①

古贤尚砺志，廉士爱憬②铭。
四壁白吏正，马骨高官清③。
今人言人性④，公仆自多情。
敛财也贮书，肥车似飞艇。

2009.8.

①古时先贤非常看重名节，崇尚文官不爱钱，武将不怕死。现在的有些官员与先贤反差太大，写此诗只是为了打诨，并没有想到警示作用。

②憬：醒悟。

③杜甫在陕西铜川（古时称同官）有名句：“县古槐根出，官清马骨高。”马瘦而骨高。

④不倡导官员“四壁白，马骨高。”

散　步[1]

伏尾[2]卧舍生余凉，
楼前绿树已微黄。
不忍雨病摧残叶，
祷告夏驻不秋光。

2009.8.

①今日午后户外散步，突然发现院中椿树和槐树叶已开始发黄，细想才知已到伏末，温差渐大，早晚已凉。是啊！已是秋天了。

②伏尾：三伏天的尾巴，即伏末。

昨夜梦境①

两陂②碧水泛鳞花，
一曲幽径淹柳下。
蛙鸣自在疑世外，
犬吠好似有人家。

2009.8.

①既是作者昨日的梦境，也是作者长期以来的梦想，更是作者永远的梦想，人如果能生活在梦境中该有多好。

②陂：水塘。

明哲赴澳签证终于拿到①

喜讯久不至，夜阑望星辰。
昨遇报喜鸟，今迎传喜人。
讯至却无喜，游子南漂云②。
云携春雨归，子带何物回。

2009.8.

①为明哲办妥赴澳大利亚上大学手续，是作者今年最大的心愿和任务，也是作者六七月份的最主要的工作。

②游子会像云一样向南飘去，离作者而去。

明哲将远赴澳大利亚求学

游子将南漂，
我亦若失魂。
金城月圆日①，
澳洲思乡人②？

2009.8.

①月圆的时候是想念亲人的时候，兰州月圆日作者想念儿子无须表白。

②此情此理，澳大利亚有想念故乡的人吗？那人会是我儿子吗？他如果能想念兰州就一定会思念作者。

黄河月下偶遇[①]

河清月近情愈亲，
水边影动似一人。
诧异体宽稍显胖，
呢哝[②]方知非单身。

2009.8.

①夏日的黄河边是纳凉散心的好地方，也是青年男女互诉衷情的绝佳场所，诗中的情形不足为奇。

②呢哝：用很小的声音说着亲密的话语。

花房观盆景①

其　一

蓬山②绝顶欲倾覆，
云崖亭塔若有无。
桥东独翁钓千秋，
竹旁三仙唱万古。

2009.8.

①妻采购锈石、小亭、塔、瓷人等在花房制成盆景，平日并不曾留意。近两天作者赶着写文章，在花房连着坐了两天，有机会仔细端详盆景，才知十分耐看，故以此为题作诗三首。

②蓬山：蓬莱仙山。本句是说像蓬莱仙山。

花房观盆景

其　二

受宠今日天眷顾，
绝顶青塔一览无。
垂老①酒翁②仍神人，
万仞危崖各自如。

2009.8.

①垂老：垂钓的老人。

②酒翁：把盏对饮的白须老翁。

花房观盆景

其　三

钓翁无奈鱼拖钩[①]，
仙老醉笑人间苦。
此间垂饮乐余年，
岭上翠微吐薄雾。

2009.8.

①鱼拖钩：鱼把鱼钩拖到水中。

孟浩然难学[1]

今日高士无法隐，
虽然处处可鹿门[2]。
半日修心半日醉，
难守夫子[3]清白身。

2009.8.

①孟浩然是与李白同年代的高士、隐士。李白颂其：“红颜弃轩冕，白首卧松云。”说明那个年代具备隐居的政治、社会和自然条件，可现在已不可能，找一块无人干扰的清静之地很难。

②鹿门：指鹿门山，孟浩然隐居的地方。

③夫子：指孟浩然，古时把特别有学问、有修养的人称为夫子，如称孔子为孔夫子。

午夜望月①

子时卧床丑时醒，
梦中三次见君容。
此刻是否同望月，
明月一定传我情。

2009.8.

①对作者写的诗，多数都有注解，对写诗时的心境作以说明。可有些诗例外，作者无法注解，也无法说明，例如本诗。

雨天宿西宁①

夏都②不解何为夏，
伏天无情西风刮。
听雨难眠怨寒衾，
披衣庆幸有酒呷。

2009.8.

①从青海湖回到西宁后，因下雨而决定住一宿，于是有了雨天宿西宁的诗意。
②夏都：西宁号称中国的夏都。

赴青海湖①

四季独无夏，
七月始飞花②。
白云追暖日，
黄绒③铺天涯。

2009.8.

①作者曾在西宁住过一段时间，其间几次到过青海湖，为其旖旎的风光和独特的气候所吸引。

②七月天青海湖边的油菜花开始开放。

③黄绒：一望无际的黄色油菜花像黄绒一样。

雷　雨①

烈口忽瞑昼也昏，
老树欲倾叶纷飞。
雷电九刺天河破，
如注雨中日重归②。

2009.8.

①昨天下午，烈日炙人，作者在花房看书。突然间天色昏暗，狂风大作、电闪雷鸣、雷雨欲来。作者饶有兴趣地观看了这场雷雨的全过程，天气很像鲁莽之人发脾气，暴躁无比，旋即又好像什么事也没有。

②大雨尚未停息，太阳又出来了。

某工程写照①

问题交错似积麻，
婆婆又添三五家②。
一个婆婆一私心，
怎怪进展蜗牛爬。

2009.8.

①某医疗楼工程历尽坎坷，千呼万唤终于开工，大家憋足劲要大干一场，作者为此写过一首诗。可现在的问题却让人欲干不能，欲罢不忍。

②今天听说又请来了参与工程管理单位，不知有何必要，使本来就很多的管理单位更多。什么事都有人管，什么事都没人敢负责。

过松潘草地①

孩提烂知该草地，雹雨泥潭红军旗。
而今我走长征路，双眸不眨恐漏遗。
天高云低绿无涯，牛黑羊白连天际。
若非元戎起始碑②，难觅当年踪和迹。

戊子八月

①戊子年八月，作者从甘肃甘南入川，经过红军长征经过的松潘草地，心里非常激动。但经过几十年建设和气候、自然等条件的变迁，已经难觅当年的艰辛，有所失望。

②沿途只看到九大元帅长征起始碑，再无其他红军踪迹。

山中偶住①

山野美景桃花源，案牍丝竹恍隔天②。
溪边醉卧浸绿露，松下清坐听涛喧。
夜梦与童淘山宝，晨醒伴鸟颂家园。
此间快乐不思归，我欲游戏八十年。

2009.8.

①偶然的机会，作者与兰州市政协王峻夫常委、张巨印常委、刘朝委员等小住兴隆山。感觉太美、太好，真的不想回到烦杂的现实中来。

②案牍指公文，丝竹指音乐。诗中指现实中的城市生活。恍隔天，形容离得很远，淡忘了，或者是故意忘记了。

为45周岁生日而作

其一

早已超卌龄，尚未懂天命。
渐多是白发，不变乃秉性。
匆待老伏枥，激情煴寒冰。
今岁紧赶考，来年能心清。

2009.8.24.

①2009年8月25日是作者45周岁生日。作者一向认为，为父母祝寿是必须的，儿女过生日也可以，为自己过生日很没意义，况且过一次，老一岁，为什么非要时常提醒自己都已四十多岁了？

②卌：四十

③煴：微微的火。

④有什么难事，有需要过的关口今年都来。

为45周岁生日而作

其　二

老泉四十八，晚岁又华发。
简公亦为老，叟翁居幽峡。
吾将同虚龄，花放如初夏。
留夏不到秋，到秋是菊花。

2009.8.24.

①老泉：苏洵。四十八岁经推荐出川做官。

②苏洵自以为老，常叹“晚岁”“华发”。

③简公：推荐苏洵的雅州知府雷简夫。

④雷简夫在给宰相的推荐信中写到：用则国有帝师，废则幽峡叟翁。

为45周岁生日而作

其 二

不愿想生日，亲朋祝岁辰。
喜笑言感谢，口心两相违①。
春秋转一轮②，华发添三分。
羡慕张质③命，也知不可为。

2009.8.24.

①嘴上高高兴兴地说感谢，心里并不甚高兴。

②春秋转一轮乃是一年。

③张质：《述异记》中的故事人物。传说张质进山砍樵，观二童下棋，等看完棋见斧柄已烂，回村人皆不识，一问才知人间已过了几百年。

七　夕①

能解牛织苦相思，应谢王母尚有识。
天堂仙怨喜夜短，地上人恨良宵迟。
情侣成对度七夕，有人影单月熟知。
一年一夕长相聚，两人两地无此时。

2009.8.26.

①七夕被称为中国的情人节，是牛郎和织女这对有情人一年一度相会的日子。但今夜还有多少无法相会的有情人在苦盼？什么时候才能长相聚、不分离？

清晨上班堵车①

出门迎车堵，前后不由身。
初时车人燥，久矣声鸣喑。
日头跑上楼，冰封不见春②。
万念俱成灰，独存渔樵心③。

2009.8.26.

①2009年8月26日晨出门，汽车在北滨河路堵死，经询问恍然大悟，今天是兰州解放日，同时有三场庆典活动。

②车流向冰封的河流一样一动不动，看不见春天消融的迹象。

③渔人樵夫是何等自由自在，要能像他们一样该有多好。

8月26日中山桥堵车[1]

铁桥南北车不通[2]，
黄河东西仍涛声。
九时喧闹祝桥庆，
百岁披红似新生。

2009.8.26.

①作者早知要隆重庆祝铁桥百岁，但没想到却是意外碰见。
②南北滨河路中山桥处均堵车。

赠尤凯[1]同学

君幸兰州同生日，
我[2]恨金城新生迟。
广场飘彩鼓喧天，
独妒予君祝岁时。

2009.8.26.

①尤凯是作者大学同学，8月26日生日，兰州市也是8月26日获得解放，获得新生。

②作者是8月25日生日，比尤凯早生一天。

问七夕①

葡萄架下听，夜静杳无声。
玉弓②孤独亮，牛织③各自明。
鹊桥向谁方？续诉去岁情。
少小如是问，老大作何应？

2009.七夕日

①七夕有牛郎织女鹊桥会的故事，可面对小孩的追问，作者不知如何回答是好。

②玉弓：像弓一样的月亮。

③牛织：牛郎星和织女星。

庆祝兰州解放六十周年
沈家岭狗娃山口占两首

其　一

瓦埠[1]狗娃两对峙，
南拱金城又汤池。
六十年前我生[2]夜，
三万义勇[3]鏖血时。

2009.8.

①即沈家岭。旧称瓦埠山。

②作者生日为8月25日

③三万义勇：在沈家岭和狗娃山上与敌人血战的解放军将士。

庆祝兰州解放六十周年
沈家岭狗娃山口占两首

其　二

前代维公[1]此颂情，
今朝彭总[2]至鏖兵。
报端再睹旧弹孔[3]，
耳傍又响枪炮声。

2009.8.

①清朝秦维岳曾作诗《瓦埠山》

②彭德怀元帅，解放兰州的我军统帅。

③报纸纪念文章和照片，昔日地堡和弹孔仍清晰可见。

我与某单位仲裁生效后①

三天宠恩胜三年，
秋日热情似夏天。
王孙还是此王孙②，
何故强欢弃颜面。

2009.8.28.

①作者单位与某单位仲裁生效后，以前阻挠人态度大变，异常热情。看来用法律来维护正义还有作用。

②王孙：封王者的后人。诗中指以贵族自居的小领导。

明哲将赴澳洲①

秋雁未飞已断肠，
小儿不日别故乡。
雁至梅岭既北返②，
我到何时喜欲狂。

2009.8.29.

①明哲九月二日将远赴澳大利亚，家人都在为其忙碌，准备行装。谁也没说出口，但深知大家的心情同作者一样。

②唐宋之问《题大庾岭北驿》中有：阳月南飞雁，传闻至此回。大庾岭因多梅又称梅岭。

闻吾弟欲梨园送儿离别①

梨下把盏送离乡，
半杯欢喜半感伤。
九曲黄河九千里②，
别意与之谁短长？

2009.8.30.

①今天下午，作者二弟来电话欲在什川梨园为明哲赴澳送行，言真意切。作者这几天感情比较敏感，故以此为题作了这首诗。

②九曲黄河并非实指黄河九曲，形容黄河曲折弯延。同样九千里形容黄河很长。

游子送别[①]

游子游前夜，浮云浮岭南[②]。
舍内灯长明，长空月不圆。
千言又无语，无语似千言。
一声父安心，双泪落胸前。

2009.8.30.

①作者儿子还有一两天就要远赴他国了，分离终于到眼前了，想给儿子说的话非常多，又觉得每一句话都说过了，真的不知该说什么了。

②浮岭南：将向岭南飘去。

全家人野外自助餐送明哲①

何送更情长？山荫支烤箱。
争烧最自爱，他国各忆香。
爷奶送心肺，叔婶赠肚肠。
弟未谙此道，献梨不分尝。

2009.8.31.

①明哲后天就将远行，全家人讨论如何相送更具纪念意义，建议很多争执不下，明哲的爷爷奶奶决定野外自助烧烤，遂有了诗中一幕。

晚间带狗小区锻炼偶得①

斜径夜深几灯明，
幽亭偶有呢哝声②。
爱犬与我共此刻，
促织③予谁唱晚风？

2009.8.

①作者喜好晚上跑步，牵着小狗，人陪狗遛弯，狗陪人锻炼，好不自在。本诗就是牵狗跑步中的见闻。

②有情人在窃窃私语。

③促织：蟋蟀。

送　别①

天垂几行泪②，
树动多哭声。
言不达语意，
身在心已空。

2009.9.2.

①今天上午从机场送儿子回来，什么事也不想干，什么话也不想说，此刻的心情不知道如何表达。

②天空飘了一阵小雨。

晨起，又是阴雨天①

适才天殇雨如织，
又是日隐②平明迟③。
是否锦褥拥棉衾，
他乡也感寒凉时④？

2009.9.3.

①清晨起床，窗外又在下雨，有些寒凉。不由得又想起远在澳洲尚处初春的儿子，此时可好？

②日隐：太阳躲到云层后面了。

③平明迟：天亮的比平时迟。

④又想起了刚到澳洲的儿子，此时也感到冷吗？衣服穿的够吗？

别随新同学①

校前别手挥，
人后无泪飞。
独女留兰州②，
何虑不早归。

2009.9.

①王随新:现为中铁七局副局长，是作者大学同学，又是陕西老乡，平日交好。作者去西安多会找他，他来兰州也会找作者，每次见面都惜惜相别。

②随新同学的独生女今年进入兰州交通大学学习。

忆雨中陪同学游青城山①

卌年游岳心几空，
清幽深邃迷青城。
云雨百回悟大道，
无名无为参平生②。

2009.9.

①二〇〇九年三四月间，作者因公去成都，在成都遇见了武汉的同学邱晖，并和成都同学谢禄皋、梅红雨中游览青城山，谢禄皋同学做为东道主担当了导游的角色，阐述了对“上善若水”“大道无名”的认识。

②无名无为字虽简单，但绝大多数人（也包括作者）一生也参悟不透。

三台阁咏兰州①

其　一

三台高阁豪气满，
一河大水②两接天。
街区成畦③绿道裁，
楼林无须俯首看。

2009.9.

①三台阁位于兰州市南皋兰山之巅，是观看兰州市容市貌的绝佳之处，多年前曾在此看过兰州容貌，但这次观看感触很深，兰州的变化太大了。

②一河大水指黄河之水。

③畦：用田埂围成的整齐的田地。

三台阁咏兰州

其　二①

晨观城郭午赏云，
半日凡人半日神。
此间快活不留恋，
太阳未隐我先隐②。

2009.9.

①这首诗与《三台阁咏兰州其一》同时而作。其一写从三台阁看兰州市容市貌，其二则是写皋兰山的风光。

②隐：藏起来，消失。本句意思是太阳还没有下山我先行下山。

年少逸事①

——秋天扫树叶

秋树不败几摇净，
铁帚紧扫欲搂穷。
叶山扎捆尽入袋，
羸童②驮家为过冬。

2009.9.

①也许是事情不多；也许是心态渐老，近日常忆儿时旧事，常忆那些今天孩童不曾有过的童年趣事，并作成系列诗，愿与作者有同样经历的人们共享。

②羸童：瘦弱的小孩。

年少逸事

——担水①

一票两趟语轻声，
不挑满担因孩童。
低头多跑难知累，
善获无费水半桶。

2009.9.

①小时候家中无自来水，需要买水票到街上水站去担水。作者同许多小孩一样担不动满桶水，一张水票担两回，均为多半桶，可以占些小便宜。今天看来有些可笑，但确为当年实情。

年少逸事

——用自行车买粮①

推车因我有车高，
驮粮缘家缺粮草。
一步三晃满街惊，
下趟定比这回好。

2009.9.

①作者是家中长子，从初中就开始为家中分忧，担水买粮、贮备御寒柴禾。本诗描写的就是推自行车买粮的情景，家中并无自行车，不会骑车，自行车是借来的，只能推。

年少轻狂①

自视家里丁，学也进高中。
梦盼贼造访，为展男儿风。
与舅平齐坐，谈古讲玄宗②。
万事自为是，牛犊比虎雄。

2009.9.

①作者也是有青春期小孩的父亲，对青春期少年的叛逆心理深有感触，深受其害。回忆自己的青春期也有叛逆，表现形式也是年少轻狂，目空一切，自以为是。

②玄宗：唐玄宗。本句意思是讲历史，讲唐玄宗的故事。

近日绵绵秋雨，天气渐凉

黄叶渐谢[1]草未凋，
促织[2]和寡更曲高。
恶蚊前夜成绝唱，
阴雨三日仲秋到。

2009.9.

①谢：谢幕，凋谢。树上的黄叶将落。

②促织：蟋蟀。俗称蛐蛐。

昨夜网上游览偶感①

三十春秋不出征，几代将帅无鼓声。
非是边塞枕犁睡，东海两南几惊更②。
宁可秋穷没全师，勿使关汉挂夷灯。
渔夫牧人舞红旗，中华福音频扣梦。

2009.9.

①我国从1979年中越自卫反击战后三十年没有像样的战事，改革开放前期军队服从国家大局，做出牺牲，发展较慢，但绝不能长期以往。网上讨论很多，作者也有同感，不能太在意别人怎么讲，国强才能民富，不能从我们手中丢失一寸领土，领海和领空。

②东海我国与日本有钓鱼岛之争。两南指南海和藏南。南海我国和东南亚诸国有南沙群岛之争，和印度有藏南之争。几处争议，我国均处下风，国人不满。

游天祝小三峡①

双老②采秋我作陪，
携衣提杖背食水。
此相该是诗人相？
弃车扶马入石门③。

2009.9.

①天祝小三峡多数景区位于藏区，风景异常秀丽。作者曾陪父母游玩过。

②父母双亲。

③小三峡的入口处叫石门，有供游客游玩的马。本诗句的意思是说，到石门口处下车，父母骑马，作者因担心安全而亲自扶着马。能让父母高兴的游玩，作者心中充满自豪和满足。

月夜锻炼偶得[1]

皓月怜惜赠乳光，人世不解以为常。
一袭素衣自飘缓，两位怨媛诉心伤。
商贾重利轻别离，官家寡恩厚首长[2]。
月下空有多情女，酒肆无知薄义郎。

2009.9.

①作者也知道月夜下听别人谈话不雅，可偏就听到两位女士互相诉怨的对话，据实记之，并希望能对男士有提醒作用。

②首长：多指军中长官，这里泛指领导。

下班回家后阵雨悄然而至①

入室止云稀，
饭罢已天霁②。
高树掉乳滴，
大地如水洗。

2009.9.21.

①下班回家时，没有下雨的任何征兆，吃晚饭过程中也不知正在下雨，饭后牵狗上楼顶时才知已雨过天晴，黑云镶着红边，晚霞满天。作者以为奇，作此诗。

②霁：雨或雪过后天晴的样子。

读《中国通史》盛君乾隆帝六下江南有感[①]

感幸优帝王，
喜沾时代光。
彼[②]六下江南，
我已十二趟。

2009.9.

①中国上一个盛世就是康乾盛世，盛世之君乾隆帝六下江南，自以为是不世之功。与他的前人相比，确实如此，但与今人相比，又算得了什么？正如诗中所言，今人不啻六下江南应感谢我们这个时代。

②彼：指乾隆皇帝。

对狗吟诗①

花房吟咏忙，
四壁无人赏。
爱犬知我意，
轻吠撒欢狂。

2009.9.

①这是一首自嘲诗。作者吟诗写诗，常常孤独一人，既无人听，有无人赏，以前诗中也有表述。今日吟诗写诗时，居然发现狗在摇头晃尾，轻吠撒欢，莫非狗知我意？

秋　钓[1]

云淡天闲又是秋，
谢君陪我同垂钓。
倚树饮吟[2]世间事，
咬钩与否竿不收。

2009.9.

①作者本不善钓，能约朋友垂钓是因朋友是爱好者，更是因为郊外垂钓可以陶冶情操，可以和朋友谈天说地。

②饮吟：饮酒、吟诗，谈古论今。

喝酒杂感①

九粮不贵换五粮，
赖台勿尊茅台上。
天地全在敞饮前，
酒中圣贤无别样。

2009.9.

①作者曾专门作诗写饮酒的感受，在作者看来酒全是辣味，无好坏之分。但有的酒家也告诉作者，喝酒前确能区别好坏，但喝到一定程度就什么也不知道了。

②酒中圣贤：古人称喝醉者为酒中圣人，喝酒不醉者为酒中贤人。本诗意为所有喝酒人。

赠同学①

相隔无数山，别离经流年。
今岁忽相见，妒君鬓尚玄②。
白首写沧桑，君语我愕然。
旧事已深藏，青丝非本颜。

2009.9.

①同学们聚在一起，发现许多人头发与作者一样正在变白，但部分人却没有一根白发，经过交谈才知黑发人中的大多数已染发。同样的事情一再发生。

②玄：黑颜色

我对民评的思考①

盛装危襟坐，侃侃论得过。
小得能大功，大过成小错②。
认真走过程，心境不捉摸。
来日再聚首，互揖均快活。

2009.9.

①这首诗是作者在评议兰州市森林公安局政风行风大会会场写的。当时作者是评议组长，做完评议报告并质询完后，听着领导讲话，看着危襟正坐的参会者，写了此诗。

②必须说明不是兰州市森林公安局有大过，本诗也不评论森林公安局，而是泛指。

庆祝新中国成立六十周年之两山绿化①

两山翠微抚昔今，乾坤轮回六十春。
秃岭荒壑一棵树，四万余倾②鸟兽闺。
领袖鼓呼并力行③，民众汗雨织绣美。
乘凉前荫造后荫，再植百年松与桧。

2009.9.

①今年是新中国成立六十周年，六十年沧桑巨变，作者想了很长时间，总想为这种变化说些什么，不吐不快。反复思考后决定写系列诗，试图从不同方面、不同视角来展示这种巨变，颂扬这种巨变,表达新中国成立六十周年国庆前夕的喜悦心情。兰州市南北两山绿化是兰州变化最大的方面之一，故以此为题作为系列诗的首篇。

②兰州两山绿化面积58万亩，合四万余倾。

③许多党和国家领导人倡导并参与两山绿化，特别是朱总理功不可没。

庆祝新中国成立六十周年之城市建设①

背靠白塔往南眺，满目高楼与衢道。
五彩楼脚飞高鸟，九行道长车涌潮。
昔日土房拱泥巷，记忆难藏俱往杳。
城郭弹指胀百倍，再次登山轻轨笑。②

2009.9.

①城市建设是城市的脸面，能直观地反映一个城市的发展状况。作者曾站在白塔山眺望市区，心情十分激动，兰州市确实有了大都市的气慨。

②兰州市已开始筹建轻轨交通。

庆祝新中国成立六十周年之精神面貌[①]

六十年前唯痛苦，开放之际难见笑。
今年老幼步履轻，见面未言乐滔滔。
晨曦健体多享福，暮霭踏歌舞逍遥[②]。
盛世不现几世纪，万代千秋如今朝。

2009.9.

①四十岁以上的人都清楚记得吃饭要粮票，穿衣要布票的生活。衣食住行没有解决，百姓何以安居乐业？何以心情舒畅？现在变化多大！给小孩讲以前的生活，没人会相信。

②夜幕降临，作者居住的小区院内男男女女聚集一处跳锅庄舞，煞是认真，怡然自乐。

庆祝新中国成立六十周年之农村农民①

生就面土背朝天，四海不荒肚难圆②。
古往永恒农人相，今来此情不再见③。
山野建房变城郭，游鹤进厂挣俸钱④。
衣食医养城乡同，此间快乐神留恋。

2009.9.

①千百年来农民就是干农活的人，就是天天劳作却食不果腹的人。现在农民进了城市、进了工厂、盖了新房、衣食无忧、老有所养。

②古诗有云：四海无闲田，农夫犹饿死。

③再也见不到了。

④俸钱指工资。

庆祝新中国成立六十周年之政治协商[1]

六十轮回同风雨，一舟荣辱跨世纪。
首创协商昌国运，再辟议政新天地。
献计建策论提案，谏所欲言无讳忌。
西人诧愕不掣肘[2]，吾国一心擎大旗。

2009.9.

①作者本人就是民主党派成员，对政治协商制度体会很深，什么时候政治协商搞得好，什么时候就政通人和、百废俱兴，否则反之。现阶段是政治协商最好的时期之一。

②西方是执政党和在野党的关系，互相攻击是必然的。我国是一党执政，多党参政，很多西方人理解不了。

庆祝新中国成立六十周年之交通发展①

西兰马道十八停②，恍隔千年无人听。
出门随心择方式，公铁高速和铁鹰。
动脉发展各神勇，九州渐小难抒情。
浓笔重抹又交通，南风不竞再先行。

2009.9.

①交通是国民经济的动脉，是先行官。国际金融危机后，国家出台四万亿投资规模，交通行业占了很大比例。就兰州而言，兰渝铁路已经开工，近闻兰新客运专线又要上马，全是大手笔，怎能不让人由衷感叹。

②听老人讲，西安至兰州以前只通马车时，有十八个马站（驿站），走单趟需要十八天时间。

我的国庆节①

旅途度十一，国典我出局。
心中风雷动，身外鼾声徐②。
甲子大庆重，一时抱撼急。
今夜仍在路，梦生阅兵曲③。

2009.10.1.

①国庆六十周年，作者在赴深圳路上，没有电视，没有广播，急不可奈，又无可奈何。

②车上其他人有的在睡觉。

③希望今夜梦中能看到阅兵，听到阅兵曲。

过九江长江大桥①

北人平生不见帆，
临江②一心欲看船。
睡虫忽来乱弄趣，
醒时悔已到江南。

2009.10.1.

①走京九线作者是第一次，沿途一切都很新鲜。作者是北方人，对长江和船很感兴趣，所以在临近九江时发生了诗中的一幕。

②临江：到了长江的跟前，距长江很近了。

赴深圳欲见崔键同学①

千里会燕人②，
秋夜心不寒。
多年居南国，
本性仍荆丹③。

2009.10.1.

①崔键是作者大学最要好的同学之一，河北人，长期在深圳工作。

②河北乃古时燕赵之国，故称崔键同学为燕人。古今燕赵多壮士。

③荆丹：荆轲和太子丹。为了阻止秦始皇灭六国，燕国太子丹请荆轲刺秦。

首举义旗，南昌神往，穿城过不能驻足以餐夙愿①

军史②思不畅，
呼啸过南昌。
恍然知希夷③，
何不上井岗④。

2009.10.1.

①南昌在中国具有特殊的历史意义，留下了许多骄傲和辉煌，也留下了许多不解和遗憾，这里也许会成为作者度过晚秋的地方。

②军史：中国人民解放军从”八一”南昌起义开始的历史。

③希夷：叶挺，字希夷。南昌起义的主要将领之一。号称我军第一任总司令，但曾脱党出国。

④何不：什么原因没有上井岗，为何脱党出国。人生有许多做非所想，身不由己。

过南岭，读宋之问诗有感①

宋公②越岭时，
辗转断肠诗。
今岁我三过，
饮吟浑不知。

2009.10.1.

①宋之问乃武则天时宠臣，文才很好。因交好张易之被贬岭南，越岭时做《题大庾岭北驿》，痛苦伤感之极。

②宋公：宋之问。

列车夜过楚地[①]

天清星澈独月明，
烟笼野荒几昏灯。
两蝈[②]对唱颂夜景，
故园同此无雨风？

2009.10.1.

①因列车在野外临时停车，有机会端详夜晚的楚国大地。明天就是中秋节，兰州此时也是星显月明？父母可好？

②列车上不知那位旅客的两只蝈蝈在此起彼伏地叫着。

忆旧年九寨沟度中秋夜①

幽壑黑云天，高登觅月圆②。
嫦娥知人想，对影一瞬间③。
因短弥足贵，友我均惜怜。
何夜似那夜，随人也随缘。

2009.中秋于香港

①2008年和2009年连续两年中秋，作者均人在旅途。08年与同学友人在九寨沟，2009年携妻在香港。看着今夜皓月，又想起了去年中秋。

②登到高处也是黑云密布，难以看到圆月。

③明月从云缝中瞬时出现又消失。

中秋夜游维多利亚港湾①

游舫徜徉女王港，圆桂初升半天上。
一海银光参差碎，两岸高低耀霓恍。
陌人蜂拥共赏月，异腔②争颂为夜狂。
月不孤独③水眠难④，我吟佳句对月唱。

2009年中秋于香港

①2009年中秋夜终生难忘，平生第一次海上赏月渡中秋，感慨万千，不作诗都不由人。

②异腔：不同的语言，不同的方言。

③如此多的人争相赏月，月亮怎会孤独。

④女王港中游船穿梭不断，水怎能平静安眠过夜

澳门圣保罗教堂遗址口占①

洋人赠洋经②，遗址颂遗风。
满腹窦疑云，更兼语不通。
想知缘何故，泣血乱石坑③？
登高抚炮台，祸因此处生？

2009.10.5.

①这首诗是作者参观完大三巴牌坊、圣保罗教堂遗址和炮台后，在回程汽车上口占而成。诗中观点不太正确。后经查阅资料，圣保罗教堂毁于1837年的一场大火，而非战火，与炮台无关。

②洋人教徒给所有的参观者送圣经，而且不断解释不要钱。

③圣保罗教堂只留下乱石坑和大三巴牌坊。

和清李渔《早行》诗一首①

港澳游趣事

忙中为闲却更忙，方寝又起背行囊。
窃笑有人忙过我，耄耋戎装候车旁。

2009.10.6.

附清李渔《早行》

鸡鸣自起束行装，同伴征人笑我忙。
却更有人忙过我，蹇蹄先印石桥霜。

①旅游本意是为了放松，可结果却是十分辛苦，每天天不亮就要起床，半夜还在外面游荡。看到清李渔《早行》后深有同感，故作此诗以和。

和唐寅《言志》诗韵一首

厌恶商贾陪酒饭，欲留青山想坐禅。
诗中吟咏难言志，何日无须再挣钱！

2009.10.6.

附唐寅《言志》诗

不炼金丹不坐禅，不为商贾不耕田。
闲来写就青山卖，不使人间造孽钱。

①在从深圳回兰州的火车上，沿途的青山绿水吸引着作者，看着唐寅的《言志》诗，想着回兰州后又要陪酒吃饭，十分无奈，作此诗以和。

港澳游绝句八首[1]

其一　感受城市

百幢楼高无飞鸟，
千条街窄单向跑[2]。
城心四望如坠井，
巨贾争相戴乡帽[3]。

2009.10.7.

①香港澳门是作者多年向往的地方。想象中内地城市与之无法相比，是人间天堂。2009年10月份的港澳游才知道，港澳确实很好，但没有想象中好，内地城市也不差，特别是一河之隔的深圳超越香港不会太远。绝句八首是真实感受。

②有太多的街道是单行线。

③有钱人有权人争相住在城郊的山上，远离城区。

港澳游绝句八首

其二　见非所想[①]

年少既知是天堂，
老来终能了梦想。
五天白昼与黑夜，
所见曾识[②]亦失望。

2009.10.

①港澳独特的历史，特殊的制度，作者寄托了太多的想象，然有些失望。

②曾识：似曾相识，在内地城市好像看见过。

港澳游绝句八首

其三　海上中秋夜

女王湾[1]中赏月光，
心月不圆[2]脸迷茫。
返身灯尽是北向，
一船游人皆望乡[3]。

2009.10.

①女王湾：维多利亚港湾，以英国维多利亚女王命名，是日不落帝国扩张侵略的产物。

②心月不圆：游客均在外旅游、中秋夜难以全家团圆，故曰心月不圆。

③游客多为内地，向北方望就是望乡。

港澳游绝句八首

其四　坐过山车[①]

凛然允友品滋味，
应付妻劝耳风吹。
车动闭目盼结束，
奉薪此生头不回。

2009.10.

①过山车兰州也有，作者从未坐过。在香港海洋公园同伙邀请时，居然毫不犹豫答应了。妻再三相劝也不回头。事实证明坐过山车太难受了。

港澳游绝句八首

其五　拜妈祖①

入澳首游见妈祖②，
无心拜佛佛碰头。
既是天意勿相违，
海外稚子③请荫佑。

2009.10.

①乘船从海上进入澳门后，许多人晕船，作者也不甚舒服，情绪不高，稀里糊涂被导游带到妈祖庙。

②妈祖：我国东南沿海地区传说中的海上女神。

③海外稚子：作者的儿子在海外。

港澳游绝句八首

其六　妈祖庙回望[①]

半山导游娇口开，
一箭之外是珠海。
青山高楼衣带水，
两制[②]无辨何为界？

2009.10.6.

①站在妈祖庙的半山上，导游告诉作者对面就是珠海。作者于是认真端详，想看出些究竟。

②两制：一国两制。两种制度下的发展面貌没有明显区别。

港澳游绝句八首

其七　看赌场[1]

应笑识短亦轻狂，
葡京[2]茫然看赌场。
此景梦中也未见，
富民这般享天堂？

2009.10.

①澳门的博彩业很发达，号称东方的拉斯维加斯。作者听说过没见过，早计划到澳门后一睹风采。看后才觉自己没见过世面，比想像壮观得多。

②葡京：澳门最大的赌场之一。

港澳游绝句八首

其八　望零丁洋[1]

黑沙滩[2]望零丁洋，
南游客思文天祥。
明清俱往[3]不零丁，
千秋唯留义胆肠。

2009.10.

①当导游小姐告诉前面就是零丁洋时，作者有些激动，这里就是造就民族英雄文天祥的零丁洋，驻足观望，久久不愿回头。

②黑沙滩：零丁洋边的海滩，澳门旅游景点。

③明清俱往：文天祥是保明抗清的英雄，他能知道明清皆成过眼烟云了吗？

想故人[①]

书读入书一绝畅[②]，
人念故人九高望。
日短夜短春梦短，
天长地久秋思长。

2009.10.

①作者十七岁离开了故乡陕西，离开了魂牵梦绕的耀县。那里有作者的亲朋故友，有许多牵挂和思念。时常会想起儿时的玩伴。

②一口气读完觉得畅快。

深山偶遇①

一陂秋水藏幽乡，
四山草绿树红黄。
波动几多山色碎，
风静又秀水霓裳。

2009.10.

①偶然机会，作者从榆中甘草店、经高崖到黄坪，山重水复中意外结识高崖水库，在这样一个处所，有如此一陂秋水，真乃世外净地。情不自禁多停一时，多看几眼。

火车夜过西安①

秦川多无眠②，
灯海不夜天。
有多几喜事？
游子正祝愿。

2009.10.8.

①作者是陕西人，火车夜过西安，看到窗外灯火通明，火树银花很动情，这就是作者魂牵梦绕的故乡。此时火车上已熄灯，作者用手机记下了此诗。

②不仅是灯海不夜天下的人们无眠，作为游子的作者此时也无眠。

港澳回程临时停车夜望[1]

孤村夜阑有昏灯，
耕种务工已不能。
定有闲隐[2]啃诗书，
虽然绝听[3]读书声。

2009.10.9.

①夜色阑干，孤村灯暗，列车不动，妻我无眠。妻让作者猜远处灯下人是什么人？在干什么？于是有了此诗。

②闲隐：闲，不做工不务农。隐，隐士。不喻世事的读书人。

③绝听：因距离远而一点都听不到。

秋　喜①

金城秋雨何须悲，
澳洲煦风绽花蕾。
我愿萧森②景常在，
儿能英发永沐春。

2009.10.10.

①从郁郁葱葱的南国突然回到满目萧煞的兰州，有些难以接受，但作者写《秋喜》，不是因为秋天的萧煞值得喜，而是因为南半球的儿子到了春天。

②萧森：草木凋零衰败的样子。

辩　诗①

房中有心②江郎尽，
山间无意佳句涌。
前人无怪好游历，
吾辈愿能多采风。

2009.10.12.

①如何能写好诗，作者想谈些感受。诗不在房中、办公室、而是社会上、明山大川中。闭门造车终将江郎才尽。

②有心：故意去作诗，专意去作诗。

饭前杂感①

少时期盼快过年，
啃骨吞肉活神仙。
今岁年饭不守时，
如何又要吃年饭？

2009.10.13.

①现在生活好，经常能吃上以前过年时才能吃的好饭，过年反而没有意思。父母的思想观念也发生了变化，星期天、节假日常常做顿好饭叫子女们回家，此诗是与父母的对话。

忆初到威海[①]

梦中世界终呈现，
再拧手背怕梦骗。
绿山傍海小红楼，
想托终身颐天年。

2009.10.

①2008年10月作者去威海，到威海时天已黑，只知弯弯曲曲汽车上山，住在山上的一幢楼中，当夜并无异样的感觉。第二天清晨出门后才大吃一惊，一处多么漂亮的所在！绿山傍海，树中小楼，真是太美了。

花房作诗自题[①]

桌前久思难对仗，
灯下苦熬黔驴相。
推门纳新[②]为清静，
夜风翻纸有妙章。

2009.10.

①家中花房就是作者的书房，看书、学习、写文章、作诗全在这里。这里有作者一半的世界，有太多的酸辣苦甜。

②纳新：换换新鲜空气，让头脑清醒一会。

凡事不能过三[①]

古语不过三，
小人戏圣言。
定是不念书，
岂知有先贤。

2009.10.17.

①常言“事不过三”。可作者的汽车轮胎被人多次扎破，恼怒至极又无可奈何。

自　题[1]

半生蹉跎半世空，学官皆逝流水东。
卌龄[2]始学苏老泉，吟咏觅句盼留声。
一年拼凑夕阳醉[3]，再岁修得隐不成[4]。
不为现世慕虚名，只图青史有人抨。

2009.10.18.

①作者的第二本诗集准备的差不多了，作此诗做为一年诗中生活的总结。

②卌龄：四十岁。

③夕阳醉：指作者第一本诗集《饮酒钓夕阳》。

④隐不成：作者第二本诗集最后一首诗名为《欲隐，隐不成?》，这里指第二本诗集。

今日午睡①

泰水②移盆弄花草，
内人熨烫备秋袄。
埋怨声③中自逍遥，
惊见秦琼逛隋朝④。

2009.10.18.

①吃过中午饭后，家人都在忙碌，作者坚守着多年的习惯，不管妻如何埋怨也要睡午觉。

②泰水：岳母。

③责怪作者不帮忙。

④本句描写的是梦境。

深秋雨夜[1]

星月无觅更寒凉，
落叶自去树自伤。
秋夜知君离奴也，
呜咽[2]过后泪[3]一场。

2009.10.21.

①此诗是作者效仿古人，模仿一位女人所写。爱情现在有，古时也有，情理相同。

②呜咽：风声似秋夜呜咽。

③泪：雨滴乃秋夜的眼泪，雨似泪飞。

深秋吟菊[1]

昨夜西风袭千家，
今晨入冬[2]万木煞。
满城瑟瑟皆叹息，
我院葱葱唯菊花。

2009.10.

①在作者看来，吟菊诗最好莫过于黄巢的《题菊花》和《不第后赋菊》，作者也想一试，为深秋开放的菊花助兴。

②入冬：和进入冬天的感觉一样。

晚秋月夜①

最恨寡义秋月光，
只怜孤情满庭霜。
秃枝几叶轻风摇，
闲翁一位信步晃。

2009.10.

①作者的儿子赴澳洲已快两月，他的状况作者知之不多，时常揪心。晚秋月夜散步，面对满地霜一般清冷的月光，面对叶将掉尽的秃树，不由得又想起儿子，更觉自己是“闲翁一位”。

秋晨即景①

秋夜窗前听雨雪，
寒晓楼后踩黄叶。
几树秃枝风中静，
半年负重可安歇。

2009.10.

①秋天万木萧煞，一派凄凉。可很少有人想到树木盛载着春天的希望，经过夏天的充实，完成了秋天的奉献，为了下个季节的循环也可休息了。那些为人父母，为人儿女，辛苦了何止一年的人，也该休息片刻了。

有暖气真好[1]

户外入冬室似夏，
窗前短衫赏雪花。
不觉之中汗湿背，
只因花房弄奇葩[2]。

2009.11.

①作者家在楼的顶层，冬天暖气特别好，屋内很热，与其他人特别是农村相比很幸福，很知足，很满意。

②奇葩：奇花异草。

咏　雪[①]

入水杳无影，
落地悄无声。
若非荡春风，
柳絮飞满城。

2009.11.

①古今骚客文人咏雪诗很多，各有千秋，各有绝妙。作者也想一试身手，成功与否，大家评判。

山中赏雪①

飞絮好文静，轻舞杳无声。
温酒赏姿态，暮景到晨风。
山川一袭素，野径俱灭踪。
来路是不是？惊鸟刺长空。

2009.11.

①作者属龙，从小喜欢下雨下雪。雨雪天时，常常伫立窗前凝望，久久不忍离去。今年的第一场雪，正好在山中游荡，故有《山中赏雪》。

冬日黄河边即景①

寒天耳廓不属己，
鸥鸟两两②水中戏。
依偎恩爱可御冬？
稚童投石亦不起。

2009.11.

①冬日的黄河有许多越冬的候鸟，大多不知名姓。古人认为鸥鸟伴随高士、隐士，作者权当这些候鸟叫鸥鸟吧。

②两两：成双成对。

深秋伤感落叶①

落叶成冢再思量，
为谁枯萎秋一场？
装扮春夏做陪奁②，
西风至时倍凄凉。

2009.11.

①时至深秋，风中堆堆落叶瑟瑟做响，是落叶归根的感谢？还是恋恋不舍的瞒怨？如果作者是落叶，一定是心有不甘的伤感。

②陪奁：陪嫁的物品。

西行歌[①]

寒霭层层构图画，
近处静村远幽峡。
一车两人西行急，
图画之外有人家[②]。

2009.11.2.

①这首诗是作者大清早去西宁路上所见景观。晨霭中的景色非常漂亮，故有此诗。太阳升起后，美景消失，恢复黄山秃岭面貌。

②图画之外：眼睛看不到的地方，很远的地方。有人家：有等着作者的人家。

冬日北滨河西延段看北山[1]

寒霭满沟川，
众岳[2]欲接天。
隐隐见村落，
不辨树炊烟。

2009.11.2.

①作者有事去西宁，清晨出发，在北滨河路西延段看到此景，被深深吸引。冬晨有如此景致，岂有不做诗之理。

②众岳：一个接一个的山头。

西宁归来①

其　一

半日西行半日归，
上天幸我识佳人。
夕阳西照离叶树②，
沐浴金黄似春晖。

2009.11.3.

①作者去西宁办事，上午去下午回来，回程带了一位女同志，诗中描写的是回兰州路上的情形。

②离叶树：回程路上，杨树居多，树叶全落，只有秃枝。

西宁归来[1]

其 二

又近日月山[2]，非是泪涟涟。
不送文成[3]去，但迎西施还。
只觉车中暖，哪知胡[4]天寒。
深秋似早春，行人有同感？

2009.11.3.

①这首诗是上首诗的姐妹篇，过程心境相同，只是想表达的更直接些，更深刻些。

②日月山：位于西宁附近，当年文成公主入藏时，在此与送亲的人分别。

③文成：文成公主。

④胡：古人把少数民族通称为胡。

自　嘲[①]

大杜[②]食舍饭，小杜[③]走花烟。
二李[④]能自立，可留一垄田？
醉吟对清风，无家夜独眠？
酸诗三句半，凭此为人先？

2009.11.15.

①近来朋友劝作者，写诗有何用？不能顶饭；妻也劝作者，写诗有何益？不能顶钱。作者也在思考，写诗到底为了什么？该不该做个诗人。

②大杜：杜甫。

③小杜：杜牧。

④二李：李白和李商隐。

欲隐，隐不成？①

清静读书何其难，杂事纷扰心不闲。
社会打雷家中雨，双耳充斥官与钱。
吾欲逃逸无处遁，高士安在谁化点？
竹翠水碧亦神往，七贤②相悦才是缘。

2009.11.21.

①以此诗作为作者第二本诗集的最后一首诗，感觉有些沉重，与时代精神有些不符。但这就是社会，这就是生活，这就是作者无可奈何的真实感受。

②七贤：竹林七贤，这里指情投意合的朋友。